T0243941

Fragua
Ali Smith

colección otraslatitudes

Fragua
Ali Smith

Traducción de
Magdalena Palmer

Nørdicalibros
2023

Título original: *Companion Piece*

© 2022, Ali Smith. All rights reserved
© De la traducción: Magdalena Palmer
© De esta edición: Nórdica Libros, S. L.
   Doctor Blanco Soler, 26 - CP: 28044 Madrid
   Tlf: (+34) 917 055 057 - info@nordicalibros.com
   www.nordicalibros.com
Primera edición en Nórdica Libros: septiembre de 2023
Primera reimpresión: noviembre de 2023

ISBN: 978-84-19735-48-5
Depósito Legal: M-23655-2023
IBIC: FA
Thema: FBA
Impreso en España / *Printed in Spain*
Imprenta Kadmos
(Salamanca)

Diseño de colección: Filo Estudio e Ignacio Caballero
Maquetación: Diego Moreno
Corrección ortotipográfica: Victoria Parra y Ana Patrón

[La traducción de los fragmentos de *La letra escarlata* es de Mauro Armiño para la editorial Valdemar].

Para Nicola Barker
y para Sarah Wood
con amor

El sereno valle de los eternamente vivos.
Caminan junto a las verdes aguas.
Y con tinta roja dibujan en mi pecho
un corazón y los signos de una cálida bienvenida.

CZESŁAW MIŁOSZ

El canto del zarapito me invita a besar las bocas de su polvo.

DYLAN THOMAS

Pasivo como un pájaro que,
volando, todo lo ve,
y en su corazón eleva al cielo
la conciencia que no perdona.

PIER PAOLO PASOLINI

Me indigna hasta lo más profundo del alma que la tierra
esté destrozada mientras a todos nosotros nos pasman
supuestos monumentos de valía e intelecto,
panteones de falsas riquezas culturales. Siento menoscabado el valor
de mi propia existencia por los tediosos años que he pasado
adquiriendo competencias en los secretos del ingenio mediocre,
como una de esas personas que lo saben absolutamente todo
sobre un difunto héroe de cómic o una serie de televisión.
El dolor que han sufrido otros mientras yo y los de mi clase
estábamos así ocupados pesa en mi conciencia como un crimen.

MARILYNNE ROBINSON

Por el martillo y la mano que lo cierne
todas las artes se mantienen.

Lema de la Excelentísima Sociedad de Herreros

TÚ ELIGES

Hola hola hola. Pero ¿qué pasa aquí?

Esa es la voz de Cerbero, el salvaje perro mítico de tres cabezas (un hola por cabeza). En la mitología antigua vigila a los muertos en las puertas del Hades para asegurarse de que ninguno escape. Tiene unos dientes muy afilados, tiene cabezas de serpiente que le brotan del lomo erizado y se dirige, con el típico tono de comedia vodevilesca, a quien parece ser un simpático miembro del cuerpo de la policía británica, una forma anticuada de denominar a un poli.

Este poli es la última actualización corrupta que ha cruzado el lago Estigia y ha llegado a las puertas del Hades para mostrarle a cada una de las cabezas de Cerbero unas fotos graciosas donde él y otros polis hacen cosas cachondas, como añadir signos de victoria y comentarios racistas / sexistas a fotografías de cadáveres reales de personas asesinadas, y que luego ha hecho circular por la simpática aplicación para policías que él y sus colegas utilizan últimamente, en esta tierra de arrogantes patriotas del año de nuestro señor dos mil veintiuno donde tiene lugar esta historia, que empieza conmigo en el sofá de mi sala, una noche en que estoy mirando las musarañas e imaginando el encuentro entre algunos aspectos terroríficos de la imaginación y la realidad.

Cerbero ni se digna a levantar una ceja (y eso que, si quiere, podría levantar hasta seis a la vez). Ya lo ha visto todo. Que los cadáveres se amontonen, cuantos más mejor en un país de personas tristes y enloquecidas por la constante presión de actuar como si este no fuera un país de personas tristes.

Tragedia versus farsa.

¿Los perros tienen cejas?

Sí, porque la verosimilitud es importante en los mitos, Sand.

Si hubiese querido asegurarme, podría haberme levantado del sofá y echar un vistazo a la cabeza de la perra de mi padre.

Pero no me importaba que los perros tuviesen cejas.

No me importaba qué estación era.

Ni siquiera me importaba el día de la semana.

Entonces todo me daba igual y lo mismo. Hasta me desprecié por ese jueguecito de palabras aunque eso no es habitual porque siempre he adorado el lenguaje, ha sido mi personaje principal y yo su eterna y leal camarada. Pero entonces hasta las palabras y todo lo que podían y no podían hacer me importaban una mierda, y punto.

Mi móvil se iluminó en la mesa. Vi la luz en la oscuridad de la habitación.

Lo cogí y me lo quedé mirando.

No era el hospital.

Bien.

Un número desconocido.

Ahora me sorprende que decidiera contestar. Quizá pensé que era alguien para quien o con quien había trabajado mi padre, que al enterarse de lo ocurrido me llamaba para interesarse por su salud. Todavía me sentía algo responsable de esas cosas. Tenía mi respuesta preparada. *Aún no está fuera de peligro. Sigue en observación.*

¿Diga?, respondí.

¿Sandy?

Sí, dije. Soy yo, dijo una mujer.

Ah, dije yo, todavía sin entender.

Mencionó su nombre.

Mi nombre de casada es Pelf, pero antes era Martina Inglis.

Tardé un poco. Luego me acordé.

Martina Inglis.

Fuimos juntas a la universidad, mismo año, mismo curso. No habíamos sido amigas, solo conocidas. No, ni siquiera conocidas. Menos que conocidas. Pensé que quizá se había enterado de lo de mi padre (a saber cómo) y que aunque apenas nos conocíamos me llamaba (a saber de dónde habría sacado mi número) para, no sé, apoyarme.

Pero no mencionó a mi padre.

No me preguntó cómo estaba, ni qué hacía, ni nada de lo que se suele decir o preguntar.

Creo que por eso no le colgué. No era falsa.

Me dijo que llevaba tiempo queriendo hablar conmigo. Me contó que era ayudante del conservador de un museo nacional (*¿quién iba a imaginar que acabaría haciendo algo así?*) y que había vuelto de un viaje de un día al extranjero, enviada por el museo en un hueco entre confinamientos para custodiar personalmente el regreso de un mecanismo de cerradura y llave, un artilugio, me explicó, muy adelantado a su tiempo, una versión inusualmente bella y de excelente calidad, de importancia histórica, que había formado parte de una exposición itinerante de objetos de finales de la Edad Media e inicios del Renacimiento.

Había llegado de noche y se puso en la larga cola del control de seguridad, donde esperó un buen rato hasta llegar a la zona donde comprobaban los pasaportes manualmente (la mayoría de las máquinas digitales no funcionaban). Cuando por fin le llegó el turno, el hombre de detrás de la pantalla le dijo que le había dado el pasaporte equivocado.

Ella no entendió a qué se refería. ¿Cómo podía haber un pasaporte equivocado?

Ah, un momento. Ya lo sé, dijo ella. Lo siento, le habré dado el pasaporte que no usé a la salida, espere un segundo.

Un pasaporte que no usó a la salida, había dicho el hombre.

Es que tengo dos, dijo ella.

Cogió el otro pasaporte del bolsillo de la chaqueta.

Tengo doble ciudadanía, dijo.

¿No le basta con un país?, respondió el hombre detrás de la pantalla.

¿Qué ha dicho?

He dicho que si no le basta con un país, repitió el hombre.

Ella miró los ojos que asomaban por encima de la mascarilla. No sonreían.

Creo que eso es asunto mío, no suyo, le dijo.

El hombre cogió el otro pasaporte, lo abrió, lo miró, cotejó los dos pasaportes , miró su pantalla, tecleó algo y ella se percató de que tenía dos agentes enmascarados y uniformados muy cerca, justo detrás, uno a cada lado.

Puede mostrarme el billete con el que ha viajado hoy, dijo el hombre detrás de la pantalla.

Ella sacó el móvil y buscó el billete, le dio la vuelta al móvil y lo sostuvo en alto para que él lo viese. Uno de los agentes le arrancó el móvil de las manos y se lo dio al hombre detrás de la pantalla. El hombre lo dejó encima de los pasaportes. Luego se desinfectó las manos con un botellín que tenía sobre la mesa.

Sígame por aquí, por favor, dijo el otro agente.

¿Por qué?, dijo ella.

Control rutinario, dijo el agente.

La apartaron de la cola.

Su colega todavía tiene mi móvil. Todavía tiene mis dos pasaportes, dijo ella.

Se los devolverán a su debido tiempo, respondió el que iba detrás.

La condujeron por una puerta y luego por otra hasta llegar a un pasillo anodino donde únicamente había un escáner. Pasaron por el escáner la bolsa con el pequeño paquete que contenía el mecanismo de cerradura y su llave, que era el único equipaje de mano que llevaba.

Le preguntaron qué clase de arma había en el paquete.

No digan tonterías. Evidentemente no es un arma, les dijo. El objeto más ancho es una cerradura, fue la cerradura de un arcón del siglo XVI, perteneciente a un barón, que se utilizaba para guardar dinero. El objeto largo que lo acompaña no es un cuchillo, sino la llave original de la cerradura. Es la cerradura Boothby. Si supieran algo de forja inglesa tardomedieval o de inicios del Renacimiento, comprenderían que es un artefacto histórico de suma importancia y un asombroso ejemplo de exquisitez en el oficio del forjado.

El agente abrió el paquete con una navaja.

¡No puede sacarlo!, dijo ella.

El hombre sacó la cerradura envuelta y la sopesó en las manos.

Déjela donde estaba, dijo ella. Déjela donde estaba ahora mismo.

Lo dijo con tal furia que el agente dejó de sopesarla de una mano a otra y, muy envarado, la devolvió al paquete.

El otro agente le exigió que probase ser quien decía que era.

¿Cómo?, dijo ella. Ya tienen mis dos pasaportes. Y mi móvil.

¿No tiene una copia en papel de ninguna acreditación oficial para trasladar un artefacto histórico nacional?, preguntó el agente que sostenía el paquete.

Intentaron llevársela a lo que llamaron la sala de interrogatorios. Ella se agarró al lateral del escáner con ambas manos, dejó el cuerpo en peso muerto, como hacen los manifestantes en las noticias, y se negó a ir voluntariamente a ninguna parte hasta que le devolviesen el paquete abierto y le dejasen comprobar que la cerradura Boothby y su llave seguían allí.

La encerraron con el paquete en una pequeña habitación donde solo había una mesa y dos sillas. Tanto la mesa como las sillas eran de aluminio y plástico gris. No había ningún teléfono encima de la mesa. No había ventanas. Ninguna pared tenía una cámara visible a la que ella pudiese hacer señas, aunque quizá hubiese cámaras que ella no podía ver *pero a saber dónde, Sand, porque ahora se puede hacer de todo con lentes muy pequeñas. Hoy en día hay lentes más diminutas que una mosquita. Aunque en esa habitación no había ni por asomo nada vivo, aparte de mí.* Tampoco había ninguna manija en el interior de la puerta, ni forma de abrirla tirando de los lados; había rasguños y pequeñas muescas al pie y a lo largo de los bordes, prueba de los pasados intentos de otras personas. No había papelera, como descubrió después de golpear la puerta sin que apareciera nadie para decirle dónde estaban los aseos ni acompañarle a ninguno, y lo que ocurrió fue que la dejaron allí lo que resultó ser muchísimo tiempo.

Luego la soltaron sin interrogarla ni darle ninguna explicación, le devolvieron el móvil pero se quedaron con los pasaportes, que *le devolverán*, le dijo a la salida la mujer de recepción, *a su debido tiempo*.

Todavía no me han devuelto ninguno de los dos pasaportes, me dijo Martina Inglis. Y no sé qué pensar. O me metieron ahí y se olvidaron de mí sin querer, o se olvidaron de mí queriendo.

En cualquier caso menuda historia, le dije. Siete horas.

Y media, puntualizó. Toda una jornada laboral, que empezó a las cuatro y media de la mañana y que pasé en gran parte haciendo cola en controles de seguridad. Pero fueron siete horas y media. En una habitación inhumana.

Mucho tiempo, dije.

Sí, dijo.

Sabía lo que se esperaba de mí a continuación. Se suponía que tenía que preguntarle qué había hecho durante siete horas y media en esa habitación inhumana. Pero me encontraba en un momento de mi vida en que pasaba de todo, pasaba de ser educada y de convenciones sociales.

No dije nada.

Guardé silencio durante diez segundos.

¿Hola?, dijo ella.

No sé cómo lo consiguió, pero algo en su voz hizo que me sintiera mal por estar callada.

¿Y qué hiciste todo ese tiempo?, dije.

Ah. Ahora viene lo bueno (y oí alivio en su voz porque yo había dicho lo que se suponía que debía decir). Precisamente por eso te he llamado, me dijo. Escucha. Pasó algo muy raro. No se lo he contado a nadie, en parte porque no se me ocurre a quién contárselo. Le estuve dando vueltas, pero nada. Hasta que la semana pasada pensé: Sandy Gray.

Sand del pasado, de cuando íbamos a la universidad. Ella sabrá qué hacer al respecto.

¿Al respecto de qué?, le dije,

y empecé a preocuparme para mis adentros porque desde que todo había cambiado, aunque en apariencia yo seguía adelante fingiendo en parte, como el resto, que todo iba bien pese a ser horrible, eran tantos los cambios que estaba segura de no ser la persona que había sido.

Al principio, decía ella, me quedé sentada sin hacer nada, con las manos cruzadas en el regazo. Estaba furiosa, pero me convencí de que debía calmarme y prepararme para lo que me fueran a preguntar en el interrogatorio.

Y luego empezó a hacer frío, así que me levanté para andar un poco. No era muy grande, el espacio, y como me puse a correr en círculos y aquello era tan pequeño acabé mareándome, menos mal que no soy claustrofóbica.

Luego intenté abrir la puerta de nuevo. Pero no tenía nada con que ayudarme. Hasta me planteé desenvolver la llave Boothby y utilizarla, tiene una punta biselada con un pequeño gancho y pensé que podría sujetar el bajo de la puerta y tirar de ella. Pero nunca, jamás de los jamases, me atrevería a dañar la llave Boothby.

Entonces pensé que nunca había estado a solas con la cerradura Boothby, ni había tenido ocasión de observarla como es debido.

De modo que saqué el paquete de la bolsa porque en cualquier caso el paquete ya estaba abierto, ese hombre se lo había cargado con su cuchillo. Levanté las dos piezas envueltas, las coloqué encima de la mesa, desenvolví la cerradura y la dejé sobre la tela, ante mí. Ay, Sand, quienquiera que hiciese la cerradura Boothby tenía manos mágicas. ¿La has visto alguna vez?

No, le dije.

¿Nunca has oído hablar de ella?

No.

Búscala en Google. Te encantará. Tú más que nadie la captarás.

¿Una persona cuya existencia yo apenas recordaba, que no habría recordado en absoluto si no me hubiese llamado, había mantenido después de todos estos años una versión lo bastante viva de mí para creer que yo «captaría» algo?

No es que las imágenes de Google le hagan justicia, nada como verla en carne y hueso, en su propio metal, dijo Martina Inglis. Es preciosa. Y también muy ingeniosa. A primera vista ni siquiera se te ocurre que sea una cerradura ni que tenga un mecanismo dentro, no hay forma de saber cómo o dónde se introduce la llave para abrirla. Es difícil descubrirlo aunque sepas dónde mirar. Se ha hecho de manera que imita una cerradura cubierta por hojas de hiedra, pero decir hojas de hiedra tampoco le hace justicia, pues cada una de esas hojas de hiedra metálicas es igualita a una hoja real y sin embargo sabes que no lo son, pero al sostenerla en la mano te transmite la misma sensación que una hoja de verdad. Y al mirarla vuelves a acordarte de lo asombrosas que son las verdaderas hojas de hiedra en crecimiento. Y los zarcillos, literalmente se alargan al mirarlos, son tan perfectos, tienen, un, no sé cómo llamarlo, un ritmo, como si fuesen flexibles y móviles. Y cuando intentas abarcarlo todo con la mirada, los zarcillos y las hojas parecen crecer a medida que observas lo que el barón o quien fuese cerraba con ella. Según los historiadores especializados en cerraduras, se trata de una obra de extrema resistencia que, sin embargo, no lo aparenta cuando la abres y la examinas, yo no me atrevería a intentar desentrañar su mecanismo, pero los peces gordos del museo dicen que es una de las cerraduras más difíciles de forzar que han visto para su época, o para cualquier época, en realidad, pues tiene un complejo y original mecanismo de muesca que no se vio en ninguna otra parte hasta siglos después, es decir, se trata de una obra de una pericia deslumbrante para su época, y eso que en aquel entonces los metales eran más bastos, al menos en la zona del país de donde procede, y la destreza que se necesita para hacer algo de este nivel es casi impensable, ya que en esos tiempos las herramientas para cortar o moldear eran muy rudimentarias. Pues bueno, como no me atrevía a cogerla, la dejé sobre la tela en la mesa, resplandeciendo a la luz fluorescente de esa habitación miserable; tenía siglos de color en su metal, y era tan magnífica que hizo que olvidara, al menos durante un rato, que me moría por ir al baño.

Después mis necesidades corporales empezaron a reivindicarse por segunda vez, con mucha más vehemencia que la primera, y como nadie había respondido antes a mis golpes en la puerta empecé a asustarme por lo que iba a hacer o intentaría no hacer ahí dentro, ja, ja, si nadie respondía la segunda vez. Y entonces lo oí.

Martina guardó silencio.

Volvían a buscarte, dije.

No. No era nadie, dijo Martina. Solo… a ver si me explico. Oí una voz, como si alguien estuviera en la habitación. Pero en la habitación *solo* estaba yo. Era extraño. Y lo que decía también era extraño.

Supuse que había alguien en la habitación de al lado a quien oía a través de la pared, la pared de atrás, con una nitidez asombrosa, tan claramente como te oigo a ti ahora. En resumen, que por eso te he llamado.

Para decirme que oíste una voz extraña al otro lado de la pared.

No, la *voz* no era extraña. Nunca se me ha dado bien describir las cosas, como recordarás. No, lo extraño era lo que decía.

¿Y qué decía?, dije.

Zarapito o cubrefuego.

¿Dijo eso?

Así es. Solo eso. Solo esas palabras.

¿Zarapito o cubrefuego?

Como una pregunta, dijo ella. Creo que era una voz de mujer. Aunque bastante grave. Pero demasiado aguda para ser una voz masculina, a menos que se tratara de un hombre con una voz muy aguda.

¿Y qué le dijiste tú?

Bueno, me acerqué a la pared y dije: disculpe, ¿podría repetirlo, por favor? Y la voz lo dijo de nuevo. *Zarapito o cubrefuego*. Y luego añadió: *tú eliges*.

¿Y después?, dije yo.

Pregunté a la voz si podía ayudarme o avisar a alguien porque necesitaba ir al baño.

¿Y después?

Ya está. Nada más, dijo Martina Inglis. Y no vino nadie a buscarme en lo que me pareció como mínimo otra hora, por suerte tengo el control de vejiga de una persona mucho más joven.

Suena a broma, dije.

No es ninguna broma, dijo ella. ¿Por qué iba a hacerte algo así? Es lo que pasó. En serio. Tal y como te lo he contado. No es ninguna broma.

No, me refería a que alguien te estaba gastando una broma a *ti*, le dije. ¿Altavoces ocultos?

Debían de estar muy bien escondidos, si es que había. No vi ningún artilugio audiovisual.

¿Una especie de test de control psicológico?

No lo sé, dijo. Es un misterio. Pero bueno. Te he llamado porque. No puedo dejar de pensar en eso.

Pasar tanto tiempo en esa habitación, que te maltrataran con el tema de los pasaportes, que te encerraran sin más compañía que una antigua, hum, cerradura. Es mucho que asimilar, dije.

No, no es por eso. Lo que no me puedo sacar de la cabeza es zarapito. Y cubrefuego. A ver, ¿de qué va? Es como si me hubiesen transmitido un mensaje, como si me hubiesen confiado un mensaje. Pero ¿en qué consiste? Sand, me quita el sueño no saber qué significa. Me preocupa no estar a la altura. Me acuesto agotada, cansadísima. Pero entonces me quedo desvelada en la oscuridad, preocupándome por si he pasado por alto algo importante, algo a lo que tendría que prestar más atención.

Tienes suerte si eso es lo único que te quita el sueño, le dije.

Sé lo que significa zarapito, pero no sé qué es cubrefuego. No tengo ni idea de qué va el asunto. Y me quedo acostada dándole vueltas, y Edward es encantador y demás, pero no puedo contárselo.

¿Por qué no?

Es mi marido, dijo Martina.

Ah, dije.

Aparté un poco el móvil. Alguien a quien apenas conocía intentaba involucrarme en una especie de desavenencia conyugal. Acerqué el dedo al botón de colgar.

Y no se lo puedo contar a mi prole. O se reirían o me llamarían cis terf, que al parecer es lo que soy. El otro día me gritaron porque les había enviado un mensaje al móvil con un punto final y se ve que eso es grosero. Ya no entiendo nada de lo que dice la juventud. Tampoco se lo puedo contar a nadie del trabajo. No volverían a confiarme ningún objeto, me tomarían por loca. Por una fantasiosa.

Miré el teléfono, con la voz que salía pronunciando la palabra fantasiosa. Pero seguí sin colgar. Me descubrí pensando, de forma muy vívida e inesperada, en la cerradura que acababa de describirme, una cerradura oculta por hiedra que no era hiedra, sus suaves tejidos extendidos a su alrededor, desplegados en la barata mesa de aeropuerto de una habitación sin ventanas. Algo así puede transformar el lugar donde se encuentra, revelando como una nueva modalidad de museo incluso un espacio anodino como aquel donde ella había hecho que la imaginase encerrada durante siete horas y media.

Y fue entonces cuando me acordé de ti, decía ella de nuevo a mi oído. De cuando estudiábamos en la universidad y en las fiestas tú hacías ese truco de descifrar sueños y leer las manos…

Hum, dije yo (porque no recordaba haber leído la mano ni haber descifrado los sueños de nadie).

… y se te daba muy bien eso de entender el significado de un verso en un poema y cosas así. Sabías qué significaban las cosas. En general. Más que los demás. De una forma como erudita. Esa forma tuya de pensar sobre las cosas que la gente más normal descartaba por extravagante.

Normal.

Gracias, le dije. Creo.

Ya sé que entonces yo también estudiaba Humanidades. Más o menos. Pero nada que ver contigo, dijo. Yo lo hacía por las oportunidades laborales, por el mercado de trabajo. No es que no lo apreciara, pero nunca fui como tú. Nadie lo era. Tú eras… distinta.

¿Ah, sí?, dije.

Y estaba acostada en plena noche mirando las cortinas cuando me viniste a la cabeza y pensé: Sand. Encontraré su número o su correo electrónico y le preguntaré a Sand. Alguien como Sand sabrá qué significa.

Y he aquí a alguien como yo, dije.

Bien, ¿qué crees? ¿Qué significa?

¿Qué parte de la experiencia en concreto?, dije.

Solo las palabras. No me interesa nada que no sean las palabras.

Cubrefuego o zarapito.

Al revés, dijo.

Zarapito o cubrefuego, dije.

Zarapito o cubrefuego. Tú eliges, dijo.

Bueno, esa es la clave, dije. Hay una elección. Y esa elección es entre *tiempo* y *pájaro*. Me refiero a la noción o realidad de tiempo y la noción o realidad de un pájaro. El zarapito es un pájaro y cubrefuego es un galicismo por toque de queda, la hora del día después de la cual las personas tienen prohibido salir, por orden de la autoridad. Antiguamente el toque de queda era una campana que sonaba de noche e indicaba a la población que tenía que cubrir los fuegos de sus hogares, apagarlos para evitar percances nocturnos.

Sí, vale, pero ¿adónde quieres ir a parar?, dijo.

Por tanto, la elección, si en realidad existe una verdadera posibilidad de elección entre los conceptos evocados por dos palabras aleatorias cuya sonoridad sugiere que las han unido para sonar a broma o precisamente como broma, las dos palabras muy distintas pero también de cuatro sílabas y las dos llanas, con la penúltima sílaba tónica…

El mismo número de sílabas, claro, y la sílaba tónica, no se me habría ocurrido.

… quizá, como decía, la elección está relacionada con las similitudes y las diferencias. Y tiene que ver con la disonancia entre el significado de las palabras…

(la oía escribir al otro lado de la línea)

… y las similitudes que se pueden encontrar entre aquello que representan las palabras. Por ejemplo, los pájaros tienen alas y se supone que el tiempo vuela…

¡Sí!, dijo ella. Eso es brillante. ¡Eres tan sabelotodo!

Y si pensamos por un momento en la brevedad pero también la aparente libertad de la vida de un pájaro, yuxtapuestas a la noción de que lo que hacemos con nuestro tiempo asignado puede estar, o siempre está, dictado o controlado de una forma u otra no solo por la naturaleza, sino también por fuerzas externas como la economía, la historia, las restricciones sociales, las convenciones sociales, la psicología personal y el *zeitgeist* político y cultural. Y si pensamos en la elección propuesta, zarapito o cubrefuego, entre naturaleza y una definición autoritaria de tiempo como el toque de queda, que es una invención humana, o entre el entorno y nuestro control o nuestro uso nocivo y expeditivo del entorno…

Martina Inglis se echó a reír al otro lado del teléfono.

Expeditivo. Yuxtapuestas. *Zeitgeist*. Sonoridad. Diferencia. Disonancia, dijo.

Ah, dije.

Te diré lo que no es diferente, Sand. Tú. No has cambiado en lo más mínimo.

Noté que me sonrojaba sin tener ni idea de por qué me estaba sonrojando.

Ay, no sé, dije. Creo que he cambiado alguna que otra sílaba a lo largo de los años, aquí y allá.

Sand y sus sandeces de siempre, me dijo.

Sand y sus sandeces.

Hacía años que nadie me decía eso.

O mejor, que nadie me lo decía a la cara. No hasta esta llamada. Pero supongo que decírmelo por teléfono —aunque sea un tipo de teléfono que, si queremos, nos permite ver la cara de la gente, un tipo de teléfono que no existía en la época en que me lo decían a la espalda— seguía equivaliendo a no decírmelo a la cara.

Pero yo sabía que me llamaban así.

Imaginé que mis sandeces se debían a que yo salía con personas de ambos géneros. Y eso se consideraba muy sórdido entonces, aunque no tanto como ser simplemente lesbiana, que es lo que probablemente era / soy y lo que finalmente, con el paso del tiempo, me sentí más capaz y decidida a afirmar.

Eran otros tiempos.

Sin embargo, ahora estaba desvelada preguntándome por qué Martina Inglis, en quien no pensaba desde hacía tres décadas, dormiría felizmente en aquel preciso instante, con quienquiera y dondequiera que estuviese, mientras yo me preguntaba cómo había conseguido inventarse la clase de historia que intrigaría hasta a una versión desmoralizada de mi persona.

Era casi como si la hubiese concebido específicamente para mí. Los pasaportes. Los agentes impersonales. La detención inexplicable. La revelación de la belleza artesanal. La voz misteriosa en la habitación cerrada.

Martina no podría haber inventado una historia con más probabilidades de engancharme.

Pero ¿por qué?

¿Por el malicioso triunfo que se siente al jugar con una vida?

¿O quizá para vaciar mi cuenta bancaria? Ahora había más fraudes que nunca. Probablemente ni siquiera había hablado con «Martina Inglis». Probablemente alguien, unos timadores que no me conocían de nada, me había llamado haciéndose pasar por una persona de mi pasado. Circulaban por internet toda clase de detalles sobre las vidas ajenas. Posiblemente fuesen unos individuos que sabían lo del hospital / mi padre y demás, y me imaginaban en un momento especialmente vulnerable. Una presa fácil. Solo en este país ya habían robado millones de libras a miles de personas, personas aisladas, desesperadas por confiar en una voz al teléfono.

Pero.

No había nada falso en ella.

Últimamente, al menor atisbo de fingimiento, falsedad o interés personal, yo alzaba el vuelo como la mariposa que presiente una red.

Me revolví en la cama. Bien. Había algo que podía hacer, podía investigar esa famosa cerradura. Entraría en Google y comprobaría:

1. si esa cerradura existía, para empezar, y

2. en caso afirmativo, si había formado parte de una exposición itinerante de…, qué era, objetos tardomedievales, y

3. con qué museo se asociaba, y

4. si Martina Inglis formaba parte del personal de ese museo.

Todo eso funcionaría como una especie de prueba.

Aunque había que reconocer que Google no era lo que se dice veraz. Todo lo que aparecía en pantalla y en línea no era más que la última manifestación de una hiperrealidad completamente virtual y, por tanto, para nada real en la vida real.

¿Y por qué coño, pensé mientras golpeaba la almohada a oscuras, tenía yo que preocuparme o pensar filosófica y existencialmente en plena noche —o cuando fuese— en algo que podía o no haber pasado en la cabeza o en la vida de alguien que apenas conocía y no me caía especialmente bien, que en realidad antes me caía mal?

Aparté la colcha. Me senté en la cama.

La perra de mi padre, que estaba en el otro extremo de la habitación, también se sentó porque yo me había sentado.

Después volvió a tumbarse cuando comprendió que lo que la había despertado era solo yo.

Se supone que los perros hacen compañía.

Que son capaces de acompañar. Acompañantes. Compañeros.

Había oído historias de personas que al verse aisladas, o encarceladas, o al sentirse solas, habían encontrado compañía en toda suerte de lugares o cosas inesperadas.

Una piedrecita en el bolsillo.

Un fragmento de hueso cosido dentro de una bolsita de piel, un hueso que se afirmaba que pertenecía al cuerpo de un santo y que había pasado de generación en generación, que alguien se había llevado, apretado en la mano, a cada examen escolar, o prueba, o momento difícil de la vida, hasta pasar al siguiente descendiente para hacer lo mismo. Esa clase de ritual que seguía teniendo sentido aunque no fuese más que un huesecillo de pollo vendido como reliquia por un charlatán a alguien que realmente necesitaba un trozo de santo o creía que le sería de utilidad.

Sí. Una fe, una convicción.

La fe era sin duda buena compañía.

A veces una simple melodía. Una canción.

La letra de una canción.

La letra de lo que fuese, de un verso recordado, o solo recordado a medias.

He oído historias de personas encarceladas, o retenidas como rehenes, cuyos recuerdos o mentes, mientras aguardaban sentados en el miedo y la nada de su situación, se abrían literalmente como libros y les devolvían muchas cosas que creían haber olvidado o que no sabían que sabían, como si ellos mismos fuesen todos los libros que habían leído y todas las cosas que habían aprendido y habían hecho en su vida.

Libros.

La gente decía que los libros eran buena compañía.

Igual que decía que los perros eran buena compañía.

En los viejos tiempos yo también había creído que todas esas cosas podían serlo.

Alexa. La gente decía que sus dispositivos eran reconfortantes, una especie de amigos, un poco como esos jueguecitos japoneses que tenían todos los niños hace veinte años en los que había que pulsar botones cuando los dispositivos pitaban para indicar que tenían «hambre» porque pulsar botones los «alimentaba», y si no los pulsabas a tiempo la «vida» del aparatito «moría».

La radio.

La gente siempre decía que la radio era buena compañía.

Yo tenía la radio de mi padre.

A veces la encendía en plena noche o a primera hora de la madrugada.

Había dado por supuesto que existían programas donde, por ejemplo, alguien con un micro se detenía al borde de un canal veneciano y simplemente grababa el sonido del agua, y luego alguien hacía un programa donde no pasaba nada, salvo ese sonido del agua en Venecia. Me habría gustado escuchar algo así, y sé que era fácil encender el portátil o utilizar el móvil para buscar y luego descargar algo similar. Pero había un elemento importante, esencial, en la idea de que, por azar, podía estar escuchando algo así simultáneamente con otros desconocidos que habían sintonizado la emisora al mismo tiempo que yo.

En cambio, cuando encendía la radio de noche en lo que llevábamos de año, solo encontraba noticia tras noticia de los portavoces del Gobierno que decían, como si recitasen un anuncio, que este país era el mejor, el primero del mundo, mientras enumeraban las cosas en las que era el primero y me contaban que las mil personas que seguían muriendo aquí todas las semanas era algo que teníamos que aceptar sin más, y alababan la generosidad de nuestro Gobierno con todo el pueblo por regalar tanto dinero público a los amigos y donantes del Gobierno, así como su patriotismo por enzarzarse en peleas con otros países. Había oído que la población negra era terrorista por organizarse en un movimiento de protesta que exigía igualdad y el fin del racismo. Había oído que los manifestantes por el medioambiente eran terroristas por organizarse en un movimiento que nos instaba a actuar contra la destrucción del planeta. Había oído entre líneas, entre mentiras, que el Parlamento votaría nuevas leyes para que se ilegalizaran protestas como esas y para que manifestantes como esos fuesen reducidos y encarcelados. Había oído que se estaban creando aún más leyes para impedir que ningún solicitante de asilo pudiera entrar en este país ni recibir ayuda, y para impedir que los gitanos y otras poblaciones itinerantes pudiesen seguir con su forma de vida tradicional. Había oído que los ríos ancestrales que recorrían el país estaban llenándose de excrementos completamente legales (sabía lo peligroso que era porque en uno de mis recientes empleos temporales trabajé en las oficinas de un conglomerado de tratamiento de aguas, y como nuestro país se había peleado con el bloque donde se fabricaban los productos químicos para las depuradoras, las empresas de tratamiento de aguas no habían podido adquirirlos y se habían quedado con un excedente de mierda sin tratar. También sabía que al virus le encantaba dejar trazas de su presencia en la mierda). Había oído que la recomendación oficial para las mujeres si, por ejemplo, las paraba un miembro de la policía que quizá quisiera coaccionarlas, atacarlas, herirlas, abusar de ellas y asesinarlas era intentar *hacer señales a un autobús que pasara para pedir ayuda*. Había oído que algunos refugiados que llegaban milagrosamente a este país tras pasar muchas calamidades, acababan alojados en verdaderas celdas de prisiones decrépitas que hasta entonces se habían utilizado como una especie de parque temático carcelario. Había oído cuán inepto y desalmado era este Gobierno por abandonar en Afganistán a miles de personas cuyas vidas corrían peligro porque durante los años de nuestra presencia en el país habían trabajado con nosotros.

Había oído todas estas cosas. Y luego había oído declarar a un ministro que la televisión, la radio, etc. solo debían emitir programas que celebrasen *inequívocos valores británicos*.

Movimiento en estado PURE. Estas eran las palabras impresas en la radio de mi padre, lo de *movimiento* probablemente porque podías llevarla de una habitación a otra y *PURE* por las mentiras persuasivas que suelen encarnar las marcas comerciales.

Pero bueno. A mí ya nada me importaba.

He aquí el momento exacto en que todo dejó de importarme:

Había estado la tarde entera en el hospital. Había vuelto al espacio alquilado que era mi casa. Había encendido el hervidor de agua. Había encendido la tele. Había hecho esas cosas porque las hacía siempre. Ni siquiera era consciente; aquel día solo tenía en la cabeza las ventanas iluminadas de un edificio alto donde no podía entrar y mi padre ahí arriba, en uno de esos cuadrados de luz.

Entonces pusieron en la tele el anuncio de un servicio de entrega a domicilio de productos frescos. Era una visión de exuberancia nutritiva donde toda clase de frutas y verduras de colores intensos estallaban explosivamente de una cornucopia de cajas de reparto ante la embelesada mirada de las familias.

Me detuve a verlo porque la música de esas imágenes fructuosas y frutales era una canción pop que conocía de años atrás. Se trataba de una canción satírica sobre el avión americano que lanzó la primera bomba atómica sobre la ciudad japonesa de Hiroshima en 1945, que mató directamente a entre setenta mil y ciento veinte mil personas e hirió a otras setenta mil.

¡BUM!, como dicen en los cómics.

Qué estilosa se ha vuelto la vida, había pensado. Antes nos manifestábamos. Teníamos pesadillas de que un ataque nuclear nos derretía los ojos. Ahora una nueva clase de derretimiento ocular comunitario tenía lugar a la vista de todos en horario televisivo de máxima audiencia, y entendí perfectamente, mientras miraba boquiabierta, por qué a ningún Gobierno le importaría una mierda, ni ninguna Historia consideraría dignas de mención ni mucho menos rendiría un fugaz homenaje a las muertes y fragilidades de cualquiera de los millones y millones y millones de individuos de vidas detalladas generales alegres elegíacas fructíferas desperdiciadas exuberantes desnutridas comunes individuales, que sufrían o morían ahora mismo o que habían muerto a lo largo del último año y medio en lo que, a fin de cuentas, solo era la última plaga de la historia, y cuyas almas revoloteaban invisibles en gráciles bandadas sobre los días de cada día que habitábamos debajo de esas figuraciones, convencidos de que teníamos un propósito.

¿Qué se puede decir de semejante pérdida?

Todo se vuelve trivial en comparación.

Me senté ante el televisor y miré las caras felices de los anuncios.

Algo se me partió en el corazón, como si fuese un pequeño instrumento cuyas cuerdas se hubieran tensado excesivamente.

¡Aaay!, como dicen en los cómics.

Pero luego dejó de dolerme y después ya todo dejó de importarme, hasta el día y la estación en que me encontraba.

En cuanto a mi padre. Había entablado su ventana rota. Había sacado a la perra. Iba regularmente a su casa y recogía el correo, comprobaba que no hubiese goteras, que el tejado estaba bien y que la calefacción seguía funcionando.

Yo tenía su radio.

Tenía su sombrero y su abrigo.

Tenía algunos de sus libros.

Tenía su tarjeta bancaria. La encontré en la mesita de noche la primera vez que volví del hospital, junto a una nota arrugada donde había garabateado su pin y las palabras *si me muero saca todo el dinero que puedas durante todo el tiempo que puedas antes de decirles que he muerto lo necesitarás.*

Tenía su reloj, que todavía funcionaba la última vez que lo había mirado, cuya correa de cuero conservaba la forma y la marca oscura de su sudor, el aroma de su muñeca.

Tenía sus gafas en su viejo estuche, en cuyo interior vi escrito a bolígrafo, con la pulcra caligrafía de mi padre, el nombre y la dirección donde había vivido dos casas antes.

Tenía a su vieja perra.

Mi taciturno padre.

Su taciturna perra.

Una labrador negra ya mayor, con artritis en la cadera. Ahora que vivía conmigo pasaba casi todo el tiempo de pie en las baldosas del patio trasero, mirando muy tiesa a la nada, o sentada en la habitación de atrás, dándome la espalda, mirando muy tiesa por la puerta trasera esa misma nada del patio. Dormía en mi habitación, en su manta junto al radiador, porque si la dejaba en la cocina gemía toda la noche. Comía lo que le ponía dos veces al día. Me pedía que le abriese la puerta para salir y para entrar y luego para volver a salir, y así sucesivamente.

Lo que sabía sobre esta perra era que una vieja perra artrítica conocía a mi padre mejor que yo.

Lo que esta perra sabía sobre mí era que yo no era mi padre y que solía despertarme a medianoche y actuar como si hubiese una emergencia a la que tenía que acudir.

Pues bien.

Piénsalo, Sand.

Menuda sorpresa.

Esta noche no me he despertado ahogándome por un ataque de pánico como suelo hacer a estas horas.

No.

Algo en la historia de ese viejo mecanismo de cerradura había desbloqueado algo en mi interior:

Toc, toc.

¿Quién es?, digo.

Lo digo como si fuera una broma.

La puerta se abre. Es alguien que reconozco vagamente como una de las alumnas de mi clase que sale con el grupo insufrible, ruidoso y arrogante del club de *rugby* y del ejército territorial.

Mi grupo de amistades se compone de la gente que el club de *rugby* llama artistillas, y son los que montan obras de teatro universitario sobre el holocausto y los homosexuales y los depósitos de misiles nucleares, que escriben cuentos y poemas que publican un par de veces al año en pequeños folletos y que los miércoles por la noche ven películas subtituladas en la galería de arte, donde el grupo al que pertenece la persona que está en mi puerta no se dejaría ver ni muerto.

Bebemos en *pubs* muy distintos.

Aunque solemos estar en las mismas aulas, nuestros caminos nunca se cruzan.

Hola, le digo.

Hola, dice ella. Eres Sand, ¿verdad?

Entra y se sienta en mi cama.

Eeeh…, entra, le digo.

Ya he entrado, dice, mirándome como si yo hubiese dicho algo confuso.

Me río.

Silencio.

¿Quieres un café?, le digo.

No, gracias. Solo necesito que me ayudes con algo.

¿Con qué?

Voy a tu clase. Soy Martina Inglis.

Sí, lo sé.

Estoy en el otro seminario de Crítica Práctica, dice. Esta semana tengo que presentar el trabajo de poesía. Sé que estás haciendo el mismo trabajo, o sea, el mismo poema, para tu seminario.

¿Te encuentras bien?, le digo.

Parece al borde de las lágrimas.

No, responde.

Me dice que quiere que le dé *a ella* el trabajo que yo escriba sobre el poema que nos han dado a las dos para que *ella* pueda leerlo en el seminario donde tiene que presentar el mismo trabajo.

Sí, claro, le digo.

¿Lo harás?

No, estaba siendo irónica. ¿Por qué iba a hacer algo así?

Anoche no podía dormir, me dice. Hasta me planteé tirarme por el puente Farr. Y así no tendría que enfrentarme a esto.

Ajá, le digo. Pero aparte de tu inminente crisis nerviosa. Si te doy lo que yo he escrito y luego leo lo mismo en mi seminario, que tendrá lugar un día después del *tuyo*, ellos creerán que soy yo quien te lo ha copiado a *ti*.

No paraba de pensar en tirarme por la ventana de mi habitación, dice. Y me imaginaba cayendo al vacío.

Vives en la planta baja.

Aun así es una buena caída.

Me río. Ella también se ríe, aunque eso hace que parezca aún más a punto de echarse a llorar.

Odio la poesía, dice.

¿Entonces por qué estudias Filología Inglesa?

Se encoge de hombros.

Creí que sería fácil.

Es tan fácil como te lo planteas, le digo.

No lo es. Y no sirve de nada.

Y lo de ese poema tampoco es para tanto, le digo. Es de e.e. cummings. Escribir algo sobre e.e. cummings es fácil. Puedes decir cualquier cosa sobre e.e. cummings y probablemente tendrá algo de verdad.

¡No puedo!, dice. Lo he leído cincuenta veces y no tengo ni idea, ni puta idea, de lo que este poema quiere decir, joder joder y joder.

Rompe a llorar. Encuentro el duplicado del poema, fotocopiado en un morado intenso, entre las cosas desperdigadas por el suelo. Me acerco y me siento a su lado en la cama.

Vale, le digo. Deja de joder y vamos a por él.

No te burles de mí.

Nunca me burlo de alguien que no conozco, le digo.

Pongo la hoja donde está el poema en la cama, entre las dos.

empezar,vacilar;detenerse
(arrodillarse dudando:mientras los cielos
caen)y después confiar expectante
E sobre T,sonriente

¿qué más placentero podría ser
(un pequeño gran día negro

como una eternidad al menos)
que rimar R y escribir E?

(este yo que también es tú)
ahora se siente orgulloso
y nada menos que una U
hará de broche suntuoso

(casi resuelto el gran problema)
adornar el poema nos atrevemos
con una M majestuosa;
mientras caen todos los cielos

al fin perfección, aquí y ahora
pero mira:¿no es el sol?¡sí!
y(ascendiendo en frenesí)
deshacemos nuestra gran obra

¿Ves?, dice ella. Escribe *pequeño* y *gran* juntos. Lo odio.

No odies un poema, le digo. Es una pérdida de emociones fuertes. Solo mira las palabras. Ellas te dirán lo que significan. Porque eso es lo que hacen las palabras.

¿Qué?, dice.

Significar, le digo.

Sí, pero a lo que voy es: ¿por qué él hace que todo parezca tan raro, como eso de los espaciados? Es como si se diese aires.

No hay nada malo en darse aires, le digo.

Pues ahí coincido contigo, dice. Aunque miles no pensarían lo mismo.

Y solo parece raro porque esperamos que haya espacios después de los signos de puntuación, y esperamos que la puntuación y la sintaxis hagan lo que esperamos que hagan, le digo. Pero ¿por qué? ¿Por qué tenemos convenciones?

Porque cómo íbamos a vivir sin…

No, no necesito que respondas a esa pregunta, le digo.

Ah.

Solo resaltaba una de las preguntas que se plantea el orador del poema, le digo.

El orador del poema, dice. Te refieres al poeta. ¿O se supone que también habla otra persona? *Dios*, no entiendo *nada*.

Me refiero a la persona que tienes dentro de la cabeza cuando lees el poema, cuando el ser humano que puedes oír a través de toda esa extrañeza, y los significados que reconoces pese a la bruma de la extrañeza, te hacen ver y pensar.

¿Qué?, dice.

Me mira desesperada, llorosa.

Y aquí, le digo. El poema dice *este yo que también es tú*. Así que este poema también trata sobre ti.

¿Sobre mí?

Quienquiera que sea el mí que lo lee. También sobre mí, le digo.

Es que no lo entiendo ya desde el principio, me dice. ¿Qué significa el primer verso? ¿Sobre empezar y luego vacilar y luego detenerse?

Significa en gran parte lo que acabas de decir. Que algo en la página ha hecho que vuelvas a leer, a vacilar e incluso pararte.

Eso es cierto, dice. Es cierto. Pero ¿por qué *arrodillarse dudando*? ¿Y todo eso de los cielos que se caen?

Bueno, tú eres la que hablaba de tirarse por un puente o por una ventana, le digo. Porque estás muy preocupada porque no entiendes algo. Como si tu propio cielo se te hubiese caído encima.

Martina abre mucho los ojos.

Ah, dice.

Se suena la nariz.

¿Y eso de arrodillarse?, dice. ¿Quién se arrodilla dudando? ¿Por qué?

En el poema está claro que algo pasa con la duda, con hundirse, y posiblemente con fuerzas elevadas como el cielo, es decir, fuerzas superiores a las humanas, fuerzas que quizá requieran que una persona rece. Y también sugiere que quizá haya una forma de *dejar de* estar arrodillada en la duda, de estar más segura. Al menos eso es lo que se infiere.

Infiere, dice ella.

Fíjate en lo que dice después de la caída de los cielos.

Señalo el final del tercer verso.

Confiar expectante, dice.

Duda, seguida de confianza, le digo.

¿Es por eso que la duda y el cielo cayéndose están entre paréntesis?

No lo sé. Podría ser.

¿Y por qué esa frase va entre paréntesis en *una* parte del poema y *no* cuando la repite más tarde, hacia el final?

Los paréntesis implican contención, le digo. Algo diferenciado, aparte, quizá innecesario. El poeta primero quiere contener el cielo que cae y luego soltarlo, que se vuelva algo más conspicuo.

¿Qué significa conspicuo?

Pues conspicuo, le digo.

Ríe.

Bien.

¿Y de qué va eso de confiar expectante?, dice.

Hum… ¿Algo sobre relajar el control?, le digo. ¿Que algo que pasa en el poema es un proceso de aprendizaje en sí?

Bueno, vale, pero ¿y si aquello en lo que se supone que debemos confiar no es más que una lista de letras arbitrarias como las que aparecen en el poema? ¿Cómo se puede comprender o aprender de eso?

Sí, le digo. Pero. Todas las palabras escritas. Todo lo que tiene significado cuando usamos el lenguaje escrito, en el fondo no son más que letras arbitrarias, ¿verdad?

Abre mucho los ojos.

¡Sí!, dice.

Vuelvo a leer el poema. Sí que hay lo que parece una lluvia de letras arbitrarias. Salpican caprichosamente el poema hasta el penúltimo verso.

Quizá el poema quiere que confiemos en el sinsentido, o en algo que carece de significado, me dice.

Sí. Puede ser. Pero también nos pide que confiemos en la caída, si no del cielo, al menos sí de las letras E y T, y luego R y E, y luego U y M, le digo.

U de UCI, por ejemplo, dice.

Que es donde estarías ahora si te hubieses tirado por ese puente.

Sí, y la M por la Mala nota que sacaré por este trabajo, dice. Etreum. *Etreum*. Ni siquiera es una palabra.

A menos que, le digo. Sea un anagrama. Una especie de anagrama. Léelo al revés.

¡Oh!, dice. Es… ¡muerte! ¿Verdad? ¡Es muerte!

Sonrío. Ella también sonríe, una sonrisa amplia, boquiabierta, asombrada.

Pero ¿cómo has podido *verlo*?, dice.

No lo había visto hasta ahora. Hasta que lo he leído contigo, le digo. Y ahora estás sonriéndole a la muerte. Para que veas lo poderoso que es un poema.

Vaya, es brillante. Pero es una muerte invertida. ¿Qué significa? ¿Se supone que debemos confiar en la *muerte*?

Eso creo, pero no en la muerte en sí, le digo. En la muerte invertida, como dices. Una muerte que es diferente de la muerte habitual.

Fíjate, como ese músico callejero de la puerta de Marks and Spencer, todos los significados de las cosas te caen encima como una lluvia de monedas.

La caída del significado, le digo. La caída de lo que comprendemos. Y mira aquí, al final. Donde dice que hay incluso una perfección posible en lo que hacemos con nuestro deshacernos, pues bien, esa palabra, perfección, puede significar una especie de final, o de muerte en sí. Pero con esta disolución también hay, mira, una sorpresa. La luz del sol.

Ella asiente con la cabeza.

Y luego la palabra sí, le digo. Entre signos de exclamación.

Toda esta positividad, dice. ¿En la muerte?

En la muerte al revés. Muerte invertida, según tus palabras.

Etreum, dice. Él está jugando con nosotras.

Un juego de apuestas altas.

Escribo E T R E U M en el papel, junto al poema.

Y si seguimos jugando y barajando estas letras, también encontramos la palabra TEMER.

Sí. Como cuando yo odiaba el poema y temía no entenderlo, me dice.

¿Y ahora? ¿Todavía lo temes? ¿Todavía lo odias *a muerte*?

Pero no me escucha; sostiene la hoja donde está escrito el poema y le da vueltas en las manos.

Está diciendo que la muerte es un juego, me dice. Lo que no es cierto.

¿O quizá esté diciendo que es posible jugar incluso en terribles momentos de duda?, le digo.

Ah, eso me gusta, dice.

Incluso cuando el día es oscuro y el cielo cae, y las cosas y las palabras y todo lo que significan caen en pedazos a tu alrededor.

Caen en pedazos, dice. Qué manera de jugar.

Alarga el brazo, coge un bolígrafo de mi mesa y se escribe en el dorso de la mano.

JUGAR DUDA PEDAZOS

Y al final de este proceso, mira, le digo.

Señalo la última estrofa del poema.

El sol, dice ella. Sale.

Amanece. Resulta que todo el proceso de caída no es una caída, es, no sé, un ascenso. Una ascensión.

Sí. ¿Es un poema religioso?

Podrías defender esa interpretación; sí, eso creo, le digo.

¿Podría?, dice. Parece contenta.

Gracias, le digo. Nunca se me habrían ocurrido estas ideas de no haber tenido esta conversación.

Martina se levanta.

Me dijeron que eras un cerebrito, dice.

¿Quiénes?, pregunto.

También me advirtieron que no fuese a tu habitación por si me tirabas los tejos.

Tranquila, le digo. Solo me acuesto con personas a las que encuentro atractivas y también me encuentran atractiva a mí.

Pero estas cosas se te dan muy bien, dice. Casi mola. Aunque no mole para nada.

Gracias de nuevo, le digo.

Odio decirlo, pero juntas formamos un buen equipo.

Yo no iría tan lejos, le digo.

Ahora me siento mucho mejor, dice. ¿Cómo es posible?

El juego de pensar. Siempre recompensa de una forma u otra.

Ahora que somos amigas, cuando lo hayas escrito todo, ¿me darás una copia?

No, le digo.

¿No? ¿Aunque acabas de decir que nunca habrías visto esas cosas si no hubieses hablado conmigo?

Escribe lo que recuerdes cuando vuelvas a tu habitación. Invéntate el resto. Te garantizo que nuestros trabajos no se parecerán en nada. Y solo hemos rascado la superficie del poema.

Como si patinásemos en una pista de hielo. Tú escribes poemas y esas cosas, ¿verdad? Podrías escribirme un poema que fuese como una pista de hielo.

¿Por qué iba a hacer algo así?

¿Sabías que soy muy buena patinadora artística? Tengo medallas.

No, le digo.

Pues seguro que tienes poderes psíquicos, dice.

Miro mi reloj de muñeca para darle a entender que quiero que se vaya.

Te saldrá bien, le digo. Cualquiera puede elegir un único verso de este poema y escribir quince trabajos diferentes al respecto.

Y entonces se olvida de su yo patinador y vuelve a parecer amedrentada. Aparta la vista.

No recuerdo nada de lo que hemos hablado, dice. Seré incapaz de inventármelo.

Juega. A mí me parece que sabes jugar.

¿Ah, sí? ¿De veras?

Sí, le digo. Ahora vete.

Juega, juega, juega, dice para sí.

Y no te tires del puente, al menos no esta semana. Salta solo después de haberle pedido a otra persona que te ayude con otro trabajo.

Un día seré yo quien te ayude, me dice.

Seguro que sí.

No le cuentes a nadie que he estado aquí.

Tu secreto está a buen recaudo, le digo. Mientras tú no le cuentes a nadie lo que todo el mundo dice de mí a mis espaldas.

Trato hecho, dice.

Adiós, le digo.

Adiós, me dice.

Martina cierra la puerta al salir.

Muchos años después, mientras contemplaba desde la cama la luz primaveral que ascendía por la lámpara de techo de mi habitación alquilada, lo único que recordaba de aquella ocasión era:

que una vez, hacía tiempo, había ayudado a la casi desconocida que acababa de telefonearme a analizar un poema sobre el que las dos teníamos que redactar un trabajo para la universidad,

que la desconocida estaba aterrorizada porque se sentía incapaz de entenderlo,

que era un poema del autor estadounidense e.e. cummings. Entonces me gustaba.

Pero ahora sabía que ese autor había apoyado a McCarthy y su caza de brujas.

Ahora también era evidente que además de todos sus poemas de amor luminosos y sensualmente revolucionarios, y de todos los recalibrados de palabras, puntuación, gramática, posibilidad y significado, también fue el autor de un puñado de versitos claramente sexistas y racistas.

Snif.

Así era la vida. Todo sospechoso. Nada sin corromper.

¿Cuál de sus poemas era el que nos habían adjudicado en el seminario para hacer el trabajo?[1]

Tenía una especie de lluvia de letras con la palabra muerte.

---

[1] Se trata de «to start,to hesitate;to stop». *(N. de la T.)*.

Muerte a la inversa.

Lo único que recordaba de Martina Inglis era que después de esa visita a mi habitación para consultarme lo del poema no habíamos vuelto a cruzar palabra, ni una sola vez, durante el resto del tiempo que pasamos en la universidad.

De vez en cuando la veía de lejos, por la sala de lectura, en el comedor, cruzando la biblioteca.

En tales casos, si ella me veía, me ignoraba.

Por mí, perfecto. Yo también la ignoraba a ella.

Pero ahora, después de tanto tiempo, me sentía mejor de lo que llevaba mucho tiempo sin sentirme. Durante media hora, al menos, no había pensado que todo me daba igual, que nada me importaba.

Muy al contrario, estaba pensando en la curva de una escalera normal y corriente de una biblioteca, y de cómo se proyectaba la luz desde la ventana elevada.

Estaba pensando en un día, una tarde soleada de cuando era estudiante y salí de la ciudad para ir a un viejo castillo en ruinas que nadie más parecía visitar, al menos no cuando lo visitaba yo. Nadie controlaba la entrada. Consistía en unos pocos muros y escaleras de piedra sin techar, rodeados de hierba. El interior también estaba cubierto de hierba.

Solía ir con amigos. Aquel día fui sola. Subí la escalera de caracol hasta lo más alto y encontré un rincón protegido y soleado en uno de sus muros abiertos.

Mirad, esa soy yo, sentada sobre piedra a diez metros del suelo con la espalda apoyada en más piedra, leyendo por puro placer una novela titulada *La entrometida* en las ruinas de lo que hace mucho fue el castillo de una persona muy rica, una persona —probablemente un hombre y no una mujer, dadas las preferencias de la historia— que ni se habría imaginado que un día su casa no tendría techo, nihabría soñado que un día el sol iluminaría ininterrumpidamente este rincón de piedra, ni mucho menos que alguien que —según las preferencias de la historia— en otra época habría estado sirviendo escalera arriba y abajo, se sentaría en este rincón un día soleado para leer un libro por puro placer.

El fantasma de una posible yo del pasado baja la escalera a las cinco de una fría mañana para limpiar la chimenea y encender el fuego antes de que el señor se levante.

El fantasma de mi yo pasado-futuro está sentado, apoyado en el muro de piedra con el libro abierto y una vista del campo que se extiende a kilómetros de distancia.

Aquí, en el futuro-futuro, poco después me quedaría dormida. Esa noche dormiría reparadora y profundamente, sin sobresaltos. Soñaría un gran sueño, del tipo que los soñadores reconocen como un sueño tan bueno que se dicen, aunque se saben dormidos y soñando, que tienen que recordarlo al despertar.

En el sueño llevaba una piel de lobo sobre el cuerpo y una cabeza de lobo sobre la cabeza, de modo que si me miraba en el espejo tenía dos, una encima de la otra. Sin embargo, la piel de lobo, reparaba yo en mi sueño, no era una piel vacía. Era un lobo vivo que se había acomodado sobre mis hombros, ligero pero cálido, relajado, como si se me hubiese subido encima haciendo autostop.

Sabría, al despertar, que no había viajado con un lobo en ninguna forma desde antes de que muriese mi madre. Y de eso hacía mucho.

Hola, lobo, le decía en el sueño. ¿Dónde has estado, viejo amigo?

Mira sus ojos de lobo cruzando miradas en el espejo conmigo, su cordero interior.

Muerte a la inversa:

finalmente sacan a mi padre del pasillo y lo trasladan a una habitación contigua. En la puerta pone ALMACÉN y sigue siendo un almacén, pero ahora también tiene un montón de máquinas bajo los estantes y mi padre está conectado a esas máquinas.

La parte visible de la cara de la doctora está gris de cansancio, pero sigue siendo amable y se toma su tiempo para atenderme, apartada de mí pero conmigo, en la entrada de la sala donde al otro lado, a través de la puerta del viejo almacén, veo a mi padre en la cama, veo el ángulo de su cabeza, veo la máscara de oxígeno sobre su cara.

El celador que nos ayudó a entrar en el edificio y que nos encontró un espacio donde esperar con otras personas en camilla me dijo que alguien *acababa de irse* de ese almacén y que teníamos suerte.

La doctora me explica muchas cosas. Después dice:

No puede quedarse. Lo siento. La mantendremos informada.

¿Irá todo bien?, le pregunto.

No se sabe, me dice.

Luego me pide disculpas y da media vuelta para seguir con su trabajo.

Noto que viste lo que parece una bolsa de basura.

Alguien se acerca a la puerta y me dice que me vaya. Esta persona también viste una bolsa de basura.

¿Sigue habiendo desabastecimiento?, le digo.

¿Cuándo no ha habido?, responde.

La llamaremos, me dice otra persona que también viste una bolsa de basura. Me meto las manos en los bolsillos, pero no tengo ni idea de dónde he puesto las llaves del coche.

La doctora que iba de camino a otra parte habrá percibido mi pánico. Me llama desde el otro extremo del pasillo.

¿Su coche necesita una llave para arrancar? Seguro que cuando vuelva la encontrará en el contacto.

Tiene razón. Cuando localizo el coche donde lo he dejado, cruzado entre dos plazas de aparcamiento, el motor sigue en marcha y una de las puertas traseras todavía está abierta, como si alguien acabara de salir.

Cierro la puerta abierta. Me siento al volante. Doy marcha atrás, sitúo bien el coche, lo aparco.

Apago el motor. Me quedo sentada un rato.

Vuelvo a arrancar.

No tengo ni idea de adónde ir.

Doce horas antes.

Mientras entre una cosa y otra —con lo que me refiero a lo que acaba de pasarle en el corazón y lo que le pasará después— esperamos la ambulancia que no conseguirá llegar porque no hay suficientes ambulancias debido al gran número de personas que requieren atención urgente, mi padre mira la manta que le cubre las piernas, se la aparta como si ardiera y antes de que pueda impedírselo rueda de la butaca al suelo, intenta incorporarse apoyándose en la mesita de noche y yo grito.

Dice que tiene que sacar a la perra, que siempre salen a esa hora y que es fundamental que la saque a pasear ahora mismo.

No, papá, son las cuatro y media de la madrugada, mira, todavía está oscuro, nunca sales con la perra tan temprano, le digo.

Mi padre se desploma allí mismo, suelta la mesita de noche y vuelve a quedarse ovillado en la alfombra.

Después lleva el brazo atrás y saca un zapato de debajo de la cama. Introduce medio pie descalzo en el zapato. Es incapaz de meter el resto.

Está hablando.

De una chica. Una chica que estará extenuada, no, extrañada. Una chica en bicicleta que los saluda a él y a la perra durante su paseo, que se cruza con ellos los días laborables. A mi padre parece importarle lo de los días laborables. Y entonces me pregunta qué día es hoy.

No puedes, le digo.

Niega con la cabeza. Pronuncia la palabra.

Compañía.

Luego dice:

Buena.

Me cuenta, como si fuera urgente, que un día ella lo saludó al pasar y al día siguiente él la saludó y que ahora se saludan en días laborables.

Gasto, dice.

¿Gasto?, le digo.

Gesto, dice.

Papá, no seas absurdo. No vas a ninguna parte.

Entonces me dice que no le friegue los platos que hay abajo, en el fregadero de la cocina, porque nunca lo hago bien y nunca me quedan limpios.

Luego deja de hablar.

Se tumba de costado en el suelo, con los brazos rodeando las patas de la mesita de noche. El zapato sobresale de una forma extraña en la punta del pie. Estoy a su lado, moviendo los brazos en el aire.

Soy inútil, como siempre.

*

Tres horas antes.

Una y media de la madrugada.

Suena el móvil. Mi padre me ha enviado un mensaje de texto. Dice:

No me muevo

Las últimas veces que hemos hablado por teléfono me ha dicho que quizá se mudará a otro sitio más pequeño. ¿Por qué?, le había preguntado. Tu casa es perfecta.

Me apetece un cambio, me dijo.

Eso suena algo impreciso, le dije.

No tiene nada de impreciso. Me gustaría empezar de cero.

En plena pandemia y con casi ochenta años quieres empezar de cero.

Ahora las casas están bien de precio, dijo. Casas con jardín.

A ti te gusta tu jardín, le dije.

Me gustaría tener un jardín más grande. Y una casa más pequeña.

¿A tu edad?

¿Por qué te molesta que quiera vivir mi vida?, me dijo. Tú que siempre has vivido la tuya, de forma tan, tan…

Sé que está pensando en la palabra egoísta.

Lo que me molesta es que seré yo quien se encargue de toda la mudanza, le dije. Y también de los cuidados del jardín.

Anda ya, dijo. Nunca has trabajado de verdad ni un solo día de tu vida.

Mudarse es una de las cinco cosas más estresantes que se pueden hacer en la vida.

No te estoy pidiendo nada a *ti*, me dijo. Ojalá no hubiese abierto la boca.

Colgó.

Ahora leo las palabras en la pantalla de mi móvil. No me muevo. Bien. Ha entrado en razón. Pero mi padre suele acostarse a las diez. Así que está desvelado y sigue estresado con la idea de mudarse de casa.

Le escribo de vuelta.

Claro, no tienes por qué moverte. Es tu casa y es un sitio muy bonito.

Me responde:

No me puedo mover como una serpiente que me aprieta el pecho no puedo respirar

Ah.

Ay, Dios.

Vale.

Llamo a urgencias. Me dicen que las ambulancias llevan retraso.

Se supone que no debo hacerlo, pero me pongo algo encima, subo al coche y voy a casa de mi padre. Aparco en la zona de carga y descarga cercana y me planto ante la fachada. La casa está a oscuras. La perra me oye, ladra un par de veces.

Envío un mensaje a mi padre diciéndole que estoy aquí.

Responde.

No entres puede ser virus

Respondo a mi vez.

Voy a entrar

Responde.

Cadena en la puerta

Respondo.

Iré por detrás y romperé ventana de la cocina

Responde.

Ahora no hay cristaleros no seas tonta

Mi padre, en plena emergencia, más preocupado por los cristales y por su casa que por sí mismo.

Desentierro medio ladrillo del parterre del jardín y rompo la ventana de la cocina.

*

Dos años antes.

Mi padre me espera en el sendero, junto a un montón de árboles talados en un claro. Es su cumpleaños. Es su viejo yo, es decir, no es su joven yo. El aire huele a madera cortada y el terreno que rodea los troncos está embarrado y cubierto de astillas.

Alguien ha hecho un buen trabajo, me dice, dando palmaditas al leño más alto. Este tiene mi edad. He contado los, los. Ya sabes.

Anillos, le digo.

Me agacho y cojo un pedazo del interior del tronco, grande como mi mano. Tiene una tonalidad tan clara y huele tan bien que me lo llevo a la nariz y luego me lo guardo en el bolsillo.

De tal palo, tal astilla, digo. Me pregunto qué acabarán haciendo con toda esta madera.

La aprovecharán, dice mi padre.

Leña, le digo.

Es una madera demasiado buena para leña, dice él. La usarán para construcción.

Para las traviesas de las vías. O vigas.

¡No!, dice él, como si yo tuviera que saberlo. Esto es haya, se puede estropear. Mejor para interiores. Suelos, ebanistería. Cosas así.

Recuerdo que se supone que no debo decir nada, sino simplemente andar a su lado y coincidir en todo lo que diga.

Esta es buena madera, dice.

Siempre me he preguntado si los árboles de un bosque se asustan cuando alguien tala los árboles vecinos, le digo pese a todo.

No digas tonterías, me dice.

Se da la vuelta para buscar a la perra.

Ven, le dice a la perra, no a mí. Vamos.

Árbol feliz, demasiado feliz, le digo.

Mi padre no me hace ni caso.

Sé que está pensando en el vivero del otro lado del bosque donde solemos ir cuando paseamos por aquí, para tomar la sopa del día. Espero que de un momento a otro diga:

me pregunto si tendrán hoy la sopa amarilla de pescado.

Pero cuando doblamos la curva del sendero, esto es lo que dice:

los árboles no tienen que preocuparse por todas esas tonterías de la felicidad. Son solo árboles.

Y luego, cincuenta metros más adelante, dice:

no existe eso de un árbol feliz.

Es del poema de Keats sobre precisamente eso, le digo. Un árbol en invierno que no añora su verdor estival porque los árboles no recuerdan ni se lamentan de nada y precisamente por eso son felices, porque son solo árboles y hacen lo que hacen los árboles. Hasta que alguien los tala.

Espero un momento. Luego digo:

el cuadro que tanto me costó pintar y que te regalé la última Navidad. Es una representación visual del poema de Keats al que pertenece ese verso.

Silencio.

Luego él dice:

tanto estudiar para después dedicar tu vida a pintar unas palabras encima de otras para que nadie pueda siquiera leerlas.

Gracias por el análisis, le digo.

¿Cómo va a saber alguien que esas palabras, o cualquier palabra, están en ese cuadro?, dice.

Pero están, le digo. Están todas ahí. Es la pintura de un poema y de todas las palabras que hay en ese poema.

Representación visual. Solo un cuadrado verde, dice él.

El verde es el único color que Keats destaca en ese poema, aunque es un poema invernal, le digo. Verde júbilo.

Representación visual, dice. ¿Por qué no pintar un árbol si vas a pintar las palabras de un poema sobre un árbol?

Será por eso que dejaste ese cuadro que te regalé en el garaje, debajo de la vieja sudadera, le digo. Y ahora esa sudadera se habrá pegado al óleo y habrá destrozado el cuadro. Lo sabes, ¿verdad? Destrozado.

Cuando eras pequeña, siempre pensaba: esta niña cambiará el maldito mundo. Lo tenías todo. Pero fuiste a lo tuyo. Siempre has ido a lo tuyo.

Sabes, papá, de haberlo querido podría haber vendido ese cuadro que te regalé varias veces, y me hubiesen pagado varios cientos de libras por él.

Te lo devuelvo. Te lo devuelvo, véndelo. Consigue ese dinero, me dice.

Sí, y puedo vender también la sudadera a juego. Podríamos montar un negocio, tú y yo, le digo. Yo pinto, tú lo destrozas y los dos le sacamos provecho.

Negocio, tú. No me hagas reír.

Me van bien las cosas, papá.

Sin motivación, dice. Sin ambición.

Diferente motivación. Diferente ambición, le digo.

Los dos sabemos que estamos hablando de que yo pertenezco a lo que para él aún es, incluso en un siglo XXI de nuevas libertades y tolerancia, la sexualidad equivocada.

La vida que podrías haber tenido, dice. Pero no. Trabajo de media jornada. Para financiarte tus bobadas. Representaciones visuales.

Me gusta mi vida. Es la que he elegido.

Una vida esperando a que se seque la pintura para ponerle más pintura encima, dice. Vender un cuadro o, con suerte, dos al año.

No lo hago por dinero, le digo. Es una disciplina.

Pintar palabras que ha escrito otra persona una encima de otra. ¿Qué diantres quieres decir con eso?

Quiero decir que las palabras están ahí, tanto si puedes leerlas como si no.

Menuda chorrada, dice.

Silencio.

Seguimos andando por el sendero entre el verde grisáceo de la primavera.

Al cabo de diez minutos de silencio:

a tu madre le gustaban los árboles, dice.

Hum, digo yo.

A mi padre le cae mucho mejor mi madre ahora que cuando vivía.

Le gustaba especialmente ver una hilera de chopos a lo lejos, dice.

Sí, me acuerdo.

Le gustaba que flanqueasen los caminos, dice.

Bueno es saberlo, le digo.

Un buen árbol, eso le gustaba a tu madre.

*

Tres décadas antes.

Mi padre en una de sus versiones más jóvenes. Ha dejado que la joven yo conduzca su furgoneta y él ocupa el asiento del copiloto de camino a la residencia donde me han adjudicado una habitación para mi primer año universitario en una ciudad que está a ciento cincuenta kilómetros de mi casa. Me he sacado el permiso de conducir hace medio año. La primera vez que conduje la furgoneta yo sola, choqué con una señal de Ceda el paso mientras daba marcha atrás y me cargué el parachoques y el maletero. Mi padre juró que no me dejaría volver a ponerme al volante. Y hasta ahora no me ha dejado.

Cuando lleguemos, avancemos por el frondoso sendero hasta la zona de aparcamiento, descarguemos mis maletas y bolsas y las subamos tres plantas hasta la perfecta y diminuta habitación que será el inicio de mi vida lejos de casa, se quedará en el umbral, mirará su reloj y dirá:

bien. Vamos, llévame a la estación de tren, y si consigues llegar con la furgoneta de una pieza y conduces tan bien como en el camino de ida, entonces…

Levanta la llave de la furgoneta.

Será tuya para los años que pases aquí.

¿Qué?, le digo.

Necesitarás un coche, dice. Para venir a casa. A menudo. Bueno, siempre que quieras o lo necesites, no es que tengas que hacerlo.

Pero, papá. Necesitas la furgoneta. Para el trabajo.

Ya es hora de que me compre una nueva, dirá. Y esta es una buena excusa.

Ni hablar. No puedes. No nos lo podemos permitir.

Eso es lo que pienso hacer, dirá.

Me lanzará la llave para que me vea obligada a cogerla.

Vamos. A la estación, para que pueda coger el tren de las 16.15.

Pero antes de que nada de esto pase, cuando todavía estamos a mitad de camino de ida, yo al volante y él en el asiento de al lado con la mano suspendida sobre el freno de mano, dice sin volver la cabeza:

cuéntame algo. Cuéntame algo sobre, no sé. Lo que sea. Ya sabes. De esa forma tan tuya.

¿Qué forma?

Con palabras, dice.

Ah, le digo.

Mi cabeza se vacía de palabras. Contemplo el sol que se refleja en la parte trasera del coche que tenemos delante. Me da en los ojos. Los protejo.

Dime algo sobre hoy, me dice. Lo que sea.

Hum, digo.

Baja el volumen del radiocasete. *Wings at the Speed of Sound*. Acabamos de oír la canción que empieza con un timbre que suena y va de que mucha gente llama a una puerta, gente que parece del barrio o de la familia y también otras personas que parecen personajes históricos, ya que la canción dice que uno de los que llaman es *Martin Luther*. La canción pide repetidamente a quienquiera que escuche que abra la puerta y los deje entrar.

Imagínate si todas las personas de esa canción aparecieran en tu puerta, le digo. Imagínate si aparece Martín Lutero.

Entonces abre rápido, antes de que la use como tablón de anuncios, dice mi padre.

O quizá se refiera a Martin Luther King, le digo.

A ese fijo que hay que dejarlo entrar, dice mi padre. Un hombre bueno y valiente. No. Que entren todos. Quien sea. Honra siempre a cualquiera que acuda a tu puerta.

¿Y si no te caen bien?, le digo. ¿Y si alguien llama a tu puerta para darte una paliza, o, no sé, quitarte tu casa o librarse de ti porque no eres de su misma religión, o color, o sexualidad, o lo que sea? ¿Y si algo de tu persona ha hecho que te ponga en su lista negra?

Por Cristo bendito, dice mi padre.

Guarda silencio un momento. Y luego dice:

Da igual. Invítalos a entrar. Y pon agua a hervir para el té. ¿Qué puedes hacer, si no?

Respondo con una mueca de exasperación.

O sea, digo. ¿Les pregunto cuántas cucharadas de azúcar toman antes de que me partan la cara?

¿Por qué crees que alguien va a llamar a tu puerta para partirte la cara? Tu mundo es mejor de lo que era el nuestro, chica.

Preguntarles si toman el té con leche. No hay mucha *Widerstand* en eso, le digo.

¿No mucha…?

Es la palabra alemana para decir resistencia. A ver, poner agua a hervir. Bah.

Hasta yo misma me doy cuenta de lo repelente que sueno.

Pero él adopta una actitud respetuosa, asombrada, que hace que me sienta peor aún.

A eso me refiero. Tú tienes lenguaje, dice. Eso tiene más poder que cualquier puñetazo. Y con lo de poner agua a hervir me refiero a la educación. Acoger lo que suceda, lo que pase, sea lo que sea. Eso también es resistencia. Mantener la compostura, mantener la compostura, decía tu madre continuamente.

Mi padre casi nunca menciona a mi madre. Ahora me dice que no sabe si ella ha escuchado alguna vez la canción de Wings sobre devolver Irlanda a los irlandeses.

No conozco esa canción, le digo.

Tú eras muy pequeña. La prohibieron en la BBC. A saber por qué, era una cancioncilla agradable que no iba a causar revueltas. Seguro que el hecho de que la prohibieran la enfadó, estuviese donde estuviese en aquel entonces. Esté donde esté.

Está en Windsor, le digo. Tú sabes dónde está. Ha encontrado un sitio donde vivir. Se las está apañando. Ha encontrado trabajo en la tienda de cortinas.

Esté donde esté, hoy se sentiría orgullosa de ti, lo sé, dice. La universidad. Impensable para mí, o para ella, una vida como la tuya.

Y entonces mi madre llama a mi puerta no con dos o tres golpecitos como la gente normal, sino con un buen mamporro en las costillas.

¿La dejo entrar?

Ahora mismo estará midiendo tela para cortinas, digo. La habrá estirado tanto como le permita la envergadura de los brazos para alinearla con la cinta métrica pegada al mostrador.

¿Ah, sí?, dice mi padre.

Será una tela de algodón muy gruesa, con estampado de flores. No le gustarán nada los rosas y azules y verdes, lo sutiles y elegantes que pretenden ser y lo apagados que son en realidad. Y tendrá que controlar el impulso de coger ese rollo de tela, blandirlo como si fuera un ariete y embestir con toda la integridad de su espíritu el escaparate de la tienda.

Mi padre resopla.

Integridad, dice. No sé qué tiene que ver la palabra integridad con tu madre.

Pero no lo hará. Se quedará en la tienda después de que la mujer que ha comprado las cortinas se marche, y cuando el timbre de la puerta deje de resonar en el local, ¿sabes qué pensará?

Mi padre suelta un bufido de enfado a mi lado.

En ti, le digo. Pensará en ti.

Hum, dice.

Desea poder ser la clase de mujer que va a una tienda y compra cortinas para colocarlas en su casa, le digo. Para ti.

Seguimos avanzando por la carretera.

Era una salvaje, tu madre, me dice. Eso es exactamente lo que habría hecho. Lanzar un rollo de tela al cristal de un escaparate y romperlo.

Bien. El espíritu de mi madre sigue intacto. Al menos lo que imagino de su espíritu, ya que apenas conozco a la mujer que es mi madre.

Me disculpo mentalmente con ella por haberme tomado libertades con esa última imagen suya detrás del mostrador de una tienda vacía, deseando ser la clase de mujer que compra cortinas para hacer que la vida de su marido tenga un aspecto más adecuado.

Pero quizá sea verdad.

Quizá sí que desee ser alguien completamente distinto de quien nos imaginamos. También es la imagen de ella haciendo precisamente eso la que ha liberado a mi padre para poder hablar con admiración del arrojo de mi madre.

Después solo estamos nosotros dos en silencio, solo el rumor de la furgoneta rodeándonos e impulsándonos, hasta que vuelvo a subir el volumen del radiocasete.

La canción que suena ahora se titula *Beware My Love*; Cuidado, mi amor.

*

Medio siglo antes.

Mi padre es contratista de obras. Está en casa porque es domingo. Como los constructores no tienen días libres, se dedica a hacer cálculos en la mesa de la cocina para una contrata sustancial. La mesa está cubierta de planos desenrollados. Debajo de los planos están los platos sin fregar de varias comidas de la semana. Ha usado algunos de esos platos sucios y varios libros míos del estante para fijar las esquinas de los planos y evitar que vuelvan a enrollarse.

Tengo siete años.

Contrata. Sustancial.

Pronuncio las palabras sin decirlas en voz alta. Mi padre se da cuenta. Me dice:

deja de hacer eso con la boca.

Cojo un libro de lo alto del montón más cercano y empiezo a leerlo por la mitad. Es el que tiene al unicornio Findhorn en la cubierta. Lo abro por la página en que la escritura adquiere, ante nuestros ojos, la forma de un caballo.

Mi padre alarga el brazo, me quita el libro de las manos y lo cierra. Enrolla los planos de la zona de la mesa más cercana a mí. Empieza a explicarme el funcionamiento de los motores.

Para ello abre el libro por el final y con el lápiz que tiene detrás de la oreja dibuja en la guarda la forma de un gorro de elfo, o una montaña, o una tienda de campaña, o, desde mi lado de la mesa, lo que parece una V mayúscula. En la punta superior escribe la palabra COMBUSTIBLE. Subiendo por una pata de la V escribe la palabra CALOR. Bajando por la otra, escribe la palabra OXÍGENO.

Señala el interior de la V.

Dentro, debido a esta combinación, se produce la combustión, me dice. El combustible se calienta y arde. Al arder y mantenerse el calor cuando esos tres elementos se encuentran, sale la energía que impulsa el vehículo o lo que quieras que funcione con el combustible. Una cosa transforma otra en algo distinto, ¿y el resultado es? ¿Es?

Algo distinto, digo.

Algo que me gustaría que tuvieses más. Energía.

Ajá, digo.

No soy lo bastante deportista para mi padre. Soy flaca, no estoy creciendo al ritmo adecuado y, desde que ha empezado a ponerme en la comida esos polvos blancos para ayudarme a crecer, como menos aún.

Va, vamos. Piensa en algunos combustibles, dice. Tú eres buena con las palabras. Dime algunas palabras que signifiquen combustible.

Burrajo.

Eso suena más a insulto. ¿Me estás insultando?

Tarugo, le digo.

¿Qué?, dice.

Me da en la cabeza con un plano enrollado, pero no demasiado fuerte.

Vamos, dice. Háblame de la gasolina.

Seis chelines y ocho peniques en la nacional, le digo.

¿Qué?

En el garaje con el cartel amarillo y azul que tiene una cabeza con alas en el gorro, le digo.

Mi padre me mira como si no entendiera. Luego se echa a reír.

Ah, seis chelines y ocho peniques en la gasolinera que está junto a la carretera nacional. Me estás diciendo el precio de la gasolina. ¡Y es cierto! ¡Muy bien!

Estoy contenta. Mi padre casi nunca se ríe.

Háblame de la gasolinera, le digo. Cuando tenías mi edad.

Cuando yo era pequeño, mucho más joven que tú ahora, la gasolinera todavía era una herrería donde llevaban a los caballos del pueblo para herrarlos. El pueblo era mucho más pequeño entonces y lo que ahora es la gasolinera estaba en las afueras, y a mí me gustaba sentarme en el muro y observar al señor Duncan, el herrero, que siempre me decía que las herrerías de todo el país estaban convirtiéndose una a una en gasolineras para los coches. No falta mucho, decía siempre. No creo que este sitio dure mucho.

Cuéntame de cuando no dormías y los caballos, le digo.

Los caballos, dice.

Y tu madre, le digo.

Si te lo he contado un millón de veces.

Por favor.

Entonces pone esa expresión ausente. La que siempre pone cuando se acerca a la palabra madre.

Una noche en que estaba despierto cuando debería estar dormido, dice. Me había sentado en la cama, y aunque todos mis hermanos dormían, yo estaba incorporado, tieso como un tiesto. Y mi madre entró y me dijo: ¿Qué te pasa? Acuéstate en esa cama y duérmete. Y yo le dije que no podía dormir porque me preocupaba que un día no quedase nadie para ponerles herraduras a los caballos.

Mi padre mira el lápiz que tiene en las manos. Se lo vuelve a poner detrás de la oreja.

Tarugo, le digo.

¿Qué?

Burrajo.

No vuelvas a llamarme esas cosas, Sandy, no seas maleducada o te educaré con un bofetón.

No, le digo. Burrajo. Tarugo. Son combustibles.

Ah. Sí. Burrajo es estiércol seco y el tarugo es madera. Ja.

Y, papá, ¿qué significa tieso como un tiesto?

Bueno, significa… No sé exactamente lo que significa.

¿Es algo que dice todo el mundo? ¿O que solo dices tú?

No lo sé. Yo siempre lo he dicho. Supongo que significa que los tiestos siempre están erguidos.

Creo que solo lo dices, o la gente solo lo dice, porque rima.

Y tú te pasas de lista, me dice. Gasolina. Seis con ocho en la nacional.

Después de eso, durante bastante tiempo, siempre que oigamos la palabra nacional, si alguien menciona la gasolinera o alguien en la tele habla del himno nacional, de la seguridad nacional, del tesoro nacional, de la policía nacional, mi padre me guiñará el ojo desde el otro extremo de la sala y gritará:

eso es lo que significa nacional, ¿verdad? Un sitio donde pagas un dineral por algo que hace que las cosas, vamos,
¿entren en…?

Combustión, digo, como espera que diga.

El día después de la llamada sobre la cerradura histórica era el cumpleaños de mi padre. Encendería una cerilla y prendería una vela en la sala.

Sin embargo, cuando lo hice fue un poco como si estuviera muerto y no en un hospital donde no podía visitarlo.

Así que apagué la vela.

Tan solo un día antes no me importaba nada, salvo seguir despreciándome. Estaba tan acostumbrada a ambos estados de ánimo que me sorprendió que se me ocurriera encender una vela, y luego volvió a sorprenderme ser capaz de oler el fósforo al rozar la lija y luego oler la vela apagada, sin despreciarme porque yo podía olerlos y mi padre *no*.

Ahora, a saber por qué, ya no despreciaba nada.

Dejé a la perra en casa. No quería esa responsabilidad. Salí en coche del pueblo, dejé atrás supermercados y el paso elevado, el vivero de flores donde los narcisos que nadie había pasado a recoger estaban amontonados y marchitos en el lateral de un parterre.

Aparqué el coche donde siempre lo aparcaba.

No había otros coches allí.

Fui al sendero por el que solíamos pasear.

No había otras personas en el sendero.

Este año no había leña cortada esperando al lado del sendero, donde solía estar. No había ningún indicio de que alguien hubiese estado trabajando en el bosque y era inútil que me dirigiese al vivero del otro lado; habían quebrado. Habría dado lo que fuese por tener a mi padre a mi lado, gritándome en el vivero mientras discutíamos entre las hileras de rosales a punto de florecer ordenados por orden alfabético: Ancient Mariner, Atomic Blonde, Beautiful Britain, Charles Darwin, Cliff Richard, Dame Judi Dench, Scepter'd Isle, Thomas à Becket. A lo mejor seguían allí, descuidados y enmarañados. A lo mejor el vivero cerrado era ahora un vergel.

En realidad, pensé mientras andaba por el camino que siempre tomábamos, era absurdo pasear por este camino que cruzaba el bosque. Y quizá por ese motivo me aparté de él: eso, y que había visto o me había parecido ver, moviéndose entre los árboles, ¿un ciervo?, ¿un caballo pequeño?, ¿había caballos sueltos por estos bosques? Improbable. Seguí lo que creía que había visto para ver qué era.

Y luego me detuve. Ya no había ningún sendero.

Di una vuelta completa sobre los talones.

No sirvió de nada. Todo lo que me rodeaba era igual, los mismos árboles distintos e iguales, altos y delgados, apoyados en otros árboles altos y delgados, umbral tras posible umbral creado por las diferentes formas en que se inclinaban, alejándose y acercándose entre sí.

Había tardado treinta segundos en perderme.

Era tan extraño como dicen que es entrar en una de esas habitaciones a prueba de sonido donde solo oyes el propio corazón, la sangre que te recorre el cuerpo, el movimiento de las tripas y la saliva. La diferencia era que yo oía lo que había allí cuando no había nadie para oírlo. Oía el crujir de los árboles, algo que no sabía que hacían los árboles del bosque, como si se hablasen en su propia lengua. Por debajo, el aleteo de un pájaro invisible, el canto de otro y luego otro, y bajo mis pies el sonido que hace la hierba al moverse. Sí, como una modificación del sonido, una aparente ausencia de sonido que se transforma en una nueva paleta sonora. También había personas que decidían entrar voluntariamente en una habitación que las aislaba por completo de cualquier fuente de luz, para poder experimentar la «auténtica» oscuridad. ¿Por qué? Cuando la luz ya contiene tanta oscuridad, como el infinito movimiento de las siempre cambiantes luces y sombras que hay aquí mismo.

No es por nada que tantas leyendas y cuentos infantiles transcurren en el bosque.

Por un momento, algo tonto en mí esperó que lo que pasara después fuese algo así:

y entonces oí lo que parecían personas trabajando a la izquierda de donde me encontraba, me dirigí hacia allí y cuando las encontré me indicaron el camino de vuelta,

o

pero pronto percibí el aroma que indicaba que alguien, no lejos de allí, había encendido una hoguera, y el humo y mi olfato me guiaron hasta un claro donde unas personas que vivían en el bosque / trabajaban en el bosque / paseaban por el bosque / asaban algo en la hoguera, me ofrecieron un poco y fueron una compañía excelente,

pero no pasó nada de eso.

Lo que en realidad pasó fue que estaba perdida.

Estaba sola.

Ya no oía el tráfico de la autopista.

Anochecía.

No tenía ni idea de dónde estaba ni qué dirección tomar.

Lo que había allí era todo lo que había.

Me agaché entre la hierba nueva y alta y las viejas ramas de las zarzas. Me saqué una espina diminuta de la manga y alargué el brazo para soltarla lejos, sobre el musgo. Me detuve. Me la acerqué a los ojos y la observé con sumo cuidado.

En la punta de mi dedo se la veía tan pequeña que, en comparación, las líneas de mis huellas dactilares parecían enormes. Era negra y tan dura que cuando la apreté entre los dedos no cedió. Tenía un pequeño gancho en el extremo y, en contraste con el tono claro de la yema de mi índice, vi que el ganchito tenía una curva en su interior y una forma muy astuta de cumplir con lo que era su objetivo: disuadir, pinchando y rasgando la superficie de todo aquello que intentase, queriendo o sin querer, devorar, dañar o juguetear con la planta de la que formaba parte.

Era una pieza de ingeniería perfecta.

Volví a engancharlo allí donde lo había desprendido. Desapareció en la manga.

Me senté en un árbol caído y muerto, animado por la hiedra. En lo alto, los árboles brillaban con sus verdes incipientes. Un pájaro cruzó el trozo de cielo entre el verdor, trinando a la distancia.

Los árboles hablaban en su lengua.

La luz y la oscuridad se turnaban.

Lo que conocí fue mi propia ausencia.

Lo que percibí, nítido como el aire puro, fue el fantasma de una oportunidad, de una presencia distinta.

ZARAPITO

Adiós vs. hola:

Tengo cuatro años y medio. La luz del día penetra por el cristal de la puerta mientras mi madre, que está a punto de abandonarnos a mi padre y a mí —de dejarnos, irse, escurrirse como agua entre los dedos—, me abraza contra sus piernas en el recibidor. Luego se agacha de manera que su cabeza quede a mi nivel, pone las manos en mis hombros y dice:

estarás bien. No estoy preocupada por ti, ¿sabes por qué? Porque hay un perro, un perro grande de pelaje muy espeso, muy parecido a un lobo, en realidad no es un perro, *es* un lobo, y está sentado a tu lado.

Miro a mi alrededor, pero no veo ningún perro ni ningún lobo.

Tú no puedes verlo, me dice mi madre. Pero yo sí.

¿Es como los perros que trae el hombre que viene a cobrarnos el alquiler?, le pregunto.

Más feroz. Y es tuyo, de nadie más, te pertenece y tú le perteneces a él. Nunca te abandonará y solo quiere lo mejor para ti, dice.

No hay ningún perro ni ningún lobo. No hay nada. Pero ella me mira como si viese algo.

¿Ocurrió esto en realidad? No tengo ni idea.

¿Me lo contó mi padre después para que me sintiera mejor, para hacerlo más soportable? ¿O me lo inventé yo para hacerme sentir —o a mi padre— mejor? Es lo más probable.

Apenas sabía nada de ella, solo las cosas que mi padre me había contado, y apenas me había contado nada.

Que a mi madre le gustaba eso de los chopos, por ejemplo.

Que melodías para piano muy sencillas y agradables podían provocarle el llanto o un ataque de furia.

Me gustaba esta versión de ella. Me gustaba imaginar que lo que la enfurecía era la audacia de la simple dulzura de las melodías, que de alguna manera la hacía consciente de su silencioso acompañante: las complejas crueldades que siempre ocurrían, tan simplemente, en todas partes.

Imaginaba precisamente eso por otra cosa: el más vívido de los recuerdos que mi padre me había contado de ella.

Un día, cuando mi madre era niña en Irlanda y una de sus hermanas estaba muy enferma, la enviaron a buscar al médico. Mi madre tenía once años. De camino por los campos se cruzó con una joven zíngara que llevaba un bebé. La mujer le pidió dinero.

La niña que un día sería mi madre no tenía dinero. Nada de nada. Ni siquiera había dinero para pagar al médico, solo la esperanza de que él fuese a su casa. Pero el médico era de otra religión y la familia de mi madre no le caía bien por muchas razones, además de la mencionada, por lo que todo era incierto.

La niña que era mi madre pidió disculpas a la mujer.

La mujer cogió la mano de la niña que sería mi madre, volvió la palma hacia arriba y miró lo que había y no había allí.

Habrá una muerte en tu familia a las tres y media, le dijo.

¿Era aquello verdad?

Yo no tenía ni idea.

Verdad o mentira, lo que sí sé es que mi madre tenía una hermana que murió. Esas cosas pueden verificarse en internet.

Lo más probable es que hubiese ido a buscar una ayuda que no sabía si iba a recibir.

De mayor contaba esta historia, de cómo se había cruzado con una mujer que le leyó el futuro con sinceridad, sin pagarle nada a cambio.

Historia vs. mentiras:

toc, toc.

La perra de mi padre se puso a ladrar como una loca.

Había dos jóvenes impecables en el portal. Eran iguales, como dos gotas de agua. ¿Acababan de llegar al barrio? No me sonaban de nada. Llevaban exactamente el mismo corte de pelo recién cortado en una peluquería que acababa de reabrir. Llevaban elegantes trajes pantalón azul claro a juego. Una llevaba un bolso donde se leían las palabras CELINE París. Su acompañante llevaba la americana del traje desabrochada para que pudiese leer, en la camiseta blanca que llevaba debajo, las palabras *elle / elles* escritas con rotulador.

¿Sí?, dije.

¿Puede hacer que ese perro deje de ladrar? ¿Ya?, dijo la gemela CELINE.

Claro. Solo ladra porque habéis llamado a la puerta, dije.

Elle no dijo nada. Apartó la vista a la calle, como si le diera vergüenza o como si algo mucho más importante estuviera ocurriendo en otra parte.

Procuraré que ladre menos, les dije. Gracias por avisarme.

Fui a cerrar la puerta.

No hemos venido aquí por el maldito perro, dijo la gemela CELINE.

Ah. Vale. ¿Qué queréis, entonces?

Nos gustaría decir unas palabras.

¿Qué palabras os gustaría decir?

Guardamos silencio unos segundos hasta que comprendí que esperaban que las invitase a entrar.

Lo siento, les dije. No dejo entrar a nadie en casa. Tengo un familiar grave en el hospital y no hago nada que lo ponga en peligro.

La covid ya ha pasado, dijo la gemela CELINE. Lo ha dicho el Gobierno.

Me di cuenta de que era mucho más joven de lo que había creído en un principio.

Ya, pero lo que dicen que pasa y lo que pasa en realidad suelen ser cosas muy distintas, dije.

No tenemos ninguna enfermedad, dijo la gemela CELINE.

Eso no se ve a simple vista. ¿Lleváis mascarillas?

Claro que no, dijo la gemela CELINE. No tenemos nada que ocultar.

Ajá. Esperad un momento.

Alargué el brazo y cogí mi mascarilla del perchero.

EMO tienes mucho que responder, dijo la gemela CELINE.

¿Qué?

Ya me has oído.

Sí, pero no he entendido la primera palabra que has dicho.

E eme o, repitió.

Hum. Vale, dije. ¿Qué es exactamente lo que crees que tengo que responder?

Queremos que dejes de molestar a nuestra madre.

Y entonces me dijo que su madre era la señora Pelf.

Negué con la cabeza. No conocía a ninguna señora P…

Ah, dije. Sí. Pasad al jardín trasero.

Abrí la puerta lateral que daba al patio y me aparté para que pasaran. Se sentaron en el banco que había junto a la puerta de atrás. Yo me dirigí al otro extremo y me senté en el suelo con las piernas cruzadas y la espalda apoyada en la puerta de mi estudio.

Por tu culpa nuestra madre se comporta como si estuviera loca, dijo la gemela CELINE.

Por mi culpa, dije.

Siempre se ha levantado a las 6.50, toda nuestra vida. Pero ahora se levanta a las nueve o a las diez si no tiene que trabajar. Nuestro padre no puede funcionar así.

Vaya por Dios, dije.

Y ya no escucha a nuestro padre. Ni tampoco nos escucha. Por la noche sale sola en coche y no vuelve hasta muy tarde, y no le cuenta a nadie dónde ha estado.

Ninguna de esas cosas me parece una locura, dije.

No la conoces.

En eso tienes razón. No la conozco.

¿Viene aquí de noche?, dijo.

¿Aquí? No.

Está muy distinta ahora, dijo. Deambula por la cocina y la sala riéndose por nada. La última vez que le dejé a Amelie, mi hija, al volver a buscarla estaban haciendo un collar con un cordel y aros de pasta en conserva.

Me reí a carcajadas por primera vez desde hacía semanas.

No tiene ninguna gracia, dijo la gemela CELINE. Ropa echada a perder, salsa de tomate por todo el pelo de Amelie. Y no para de contarle cuentos terroríficos y ahora

Amelie no duerme bien, se despierta gritando toda clase de cosas, pájaros con picos largos como espadas, caballos con las piernas cortadas, e eme o es *grotesco*, es muy muy perturbador. Y hay otra cosa que ha cambiado. Antes nuestra madre nunca se reía. Ahora ríe continuamente, justo como tú acabas de hacer. Incluso mientras alguien está hablándole. Y no para de pronunciar palabras. En voz alta.

¿Te refieres a que habla?, le dije.

No, porque no se las dice a nadie. Solo *pronuncia palabras*. Palabras que nunca le hemos oído antes.

¿Qué clase de palabras?

De pronto dice *estoy sorprendida*, dijo la gemela CELINE. O cosas como: *la vida es sorprendente*, y *quién iba a decir que pasaría algo así*, y luego se queda ahí plantada, sonriendo y meneando la cabeza.

Suena un poco como si estuviera enamorada, dije.

Eso es asqueroso, dijo la gemela CELINE. Tiene casi sesenta años.

Bueno, en realidad tiene cincuenta y seis.

Por fin elle se había decidido a hablar.

Y sabemos por alguien de su trabajo, alguien con la mejor de las intenciones, que nuestra madre ha entrado en el sistema de registros electrónicos y ha cambiado la atribución y todas las formas históricas y necesarias de catalogar la información, dijo la gemela CELINE.

¿Cómo sabéis que ha sido ella?, les dije.

Lo han rastreado hasta su ordenador, dijo elle.

Eso no implica que sea vuestra madre quien lo está haciendo.

Va a perder un prestigioso empleo de media jornada porque se comporta como una adolescente, dijo la gemela CELINE apuntándome con su teléfono.

¿Estás grabando esto?, le dije.

¿Por qué está tu número en su teléfono y por qué tu nombre aparece varias veces en el historial de búsqueda de su portátil?, me dijo. Tienes una aventura con nuestra madre.

No, dije.

¿Está nuestra madre en tu casa justo ahora?, dijo la gemela CELINE, que seguía apuntándome con su móvil.

Ya te lo he dicho. No.

¿Es esa la razón de que no nos dejes entrar, porque ella está dentro y tú nos estás mintiendo al respecto?

Me incliné y hablé al móvil.

Vuestra madre no está en mi casa, dije.

Como no nos deja entrar no hay forma de saberlo, dijo la gemela CELINE a su móvil.

Por favor, explicadle a quienquiera que esté escuchando que no puedo dejar entrar en mi casa a unas personas que no conozco de nada y que quizá quieran timarme.

El timo no viene de nuestra parte, dijo la gemela CELINE.

Si dice que no está en su casa, es que probablemente no está en su casa, dijo elle. Vamos, Eden. Vámonos.

¿Entonces dónde está?, gimió Eden Pelf. ¿Dónde puede estar si no?

Conque se ha ido, dije. Vaya, vaya.

¿Por qué sonríes?, gritó Eden Pelf. ¡Es una persona desaparecida, joder!

Eden. No, dijo elle.

Eso es otra cosa, dije. Perdonad si me lo he tomado a la ligera. ¿Cuánto tiempo lleva desaparecida? ¿Cuándo la visteis por última vez?

A primera hora de esta mañana, dijo Eden Pelf.

Era mediodía. No pude evitar reírme.

Eres obscena, dijo Eden Pelf. Reírte de nuestra desgracia.

Eden, dijo elle.

Se volvió hacia mí.

¿Tienes una aventura con nuestra madre?

Negué con la cabeza.

Pero la conoces, dijo elle. Ella te conoce. Habéis estado en contacto. Recientemente.

Lo sabemos e iremos a la policía, dijo Eden Pelf. Conocemos a la policía. Nuestro padre es muy conocido. Conocemos a las autoridades. Conocemos a personas muy poderosas. Te llevaremos a juicio. Iremos a los periódicos. Te atacaremos en las redes sociales. Te cancelarán. Perderás el trabajo. Nos aseguraremos de que todos y todo te boicoteen.

Hice un gesto de indiferencia.

Fue *vuestra* madre quien se puso en contacto *conmigo*, no a la inversa. Solo hemos hablado dos veces en más de un cuarto de siglo, y la primera fue cuando me llamó una noche, hace poco. Luego me envió un enlace de zoom y hablamos media hora. Ese es el total de mi malévola influencia en vuestra madre.

¿Y todos los mensajes de texto que le has estado enviando?, dijo Eden Pelf.

¿Qué mensajes? No le he enviado ningún mensaje. Ay. Un momento. Sí que le envié uno.

¡Un mensaje!, dijo Eden Pelf. Mentirosa.

No, dijo elle. La verdad es que solo encontramos un mensaje, Ede.

Ya, porque nuestra madre habrá borrado los otros porque eran incriminatorios, dijo Eden Pelf.

Elle se dirigió a mí.

El mensaje que encontramos. Dice textualmente: *Tengo algo para ti.* ¿Qué le diste a nuestra madre?

¿Drogas?, dijo Eden Pelf.

¿Por qué miráis los dispositivos personales y privados de vuestra madre?, pregunté.

Solo intentamos ayudarla, dijo elle. Ayúdanos, por favor.

Les expliqué que le había contado una historia a su madre.

Y ya está, dije. Nada más.

¿Cómo?, dijo Eden Pelf. ¿Qué clase de historia?

Una historia. Un cuento. Ella me contó uno y yo le conté otro. Un intercambio justo.

¿Como una de esas historias anticuadas que empiezan por érase una vez?, dijo elle. ¿Como un cuento de antes de acostarse?

Eres un ser repugnante, dijo Eden Pelf. Iniciar un juego perverso con una mujer para seducirla y apartarla de su familia.

A ver, dije. Vuestra madre se puso en contacto conmigo de repente y me pidió que respondiera a algunas cuestiones de su vida que resultaban misteriosas, y lo que me dijo tomó la forma de una historia. Así que cuando volvimos a ponernos en contacto le dije lo que se me había ocurrido respecto a ese misterio y también adquirió la forma de una especie de historia.

Uf. Qué raro, dijo elle.

Manipulaste a nuestra madre, dijo Eden Pelf. Contándole mentiras.

No, dije. A las personas que cuentan mentiras solo les interesa esclavizar a sus oyentes para alguna causa propia.

Ella ha esclavizado a nuestra madre, dijo Eden Pelf. Se ha enamorado de nuestra madre y está acosando a nuestra familia. Quiere romper nuestra familia en pedacitos.

No estoy acosando a nadie. Ni siquiera sé dónde vive vuestra madre ni el resto de vuestra familia.

Sí, pero ¿una historia sobre qué?, dijo elle.

Eso mejor se lo preguntáis a vuestra madre. Pero yo también quiero preguntaros algo. ¿Cómo sabéis dónde vivo *yo*?

Lo sabemos todo sobre ti, dijo Eden Pelf. Lee trabaja en TI de IG.

¿Es ese tu nombre? ¿Lee?

Sí, dijo elle. Lea con a. Ele e a. Y ella es Eden.

¿Y qué es IG?, dije.

Alerta búmer, dijo Eden Pelf.

Insta, pero ya no trabajo para ellos, ahora me han externalizado y trabajo en datos, dijo Lea Pelf.

Volví a mirar a Lea Pelf y luego a las palabras escritas con rotulador, *elle / elles*, de su camiseta.

Sabes, he pensado muchas veces que, si se le da la oportunidad, el menor cambio verbal, como el de tu camiseta, puede hacerlo todo posible.

Te lo dije, dijo Eden Pelf. Bumerisimísima.

Lea Pelf me miró con detenimiento por primera vez y dijo:

¿te estás quedando conmigo?

No. Es una de las verdaderas revoluciones de esta época. Y una de las cosas más emocionantes sobre el lenguaje, que la gramática sea tan flexible como la verde rama viva de un árbol. Porque si las palabras están vivas para nosotros, entonces el significado también está vivo, y si la gramática está viva, entonces la conexión que hay en ella, en lugar de las divisiones que hay entre nosotros, lo llenará todo de energía, de un modo u otro. Significa que una persona individual puede ser individual y plural al mismo tiempo. Y siempre he creído que hay verdadero espacio para acoger lo indeterminado.

Pues yo soy una persona muy determinada, dijo Lea Pelf. Y uso elle para indicar que el género me resulta irrelevante. Para cancelar lo binario.

Una palabrita poderosa, dije.

Sí, tienes razón. Tan poderosa, dijo Lea Pelf (y se inclinó para decirlo lo más cerca posible del teléfono que sostenía su hermana), que mi padre me ha hecho sacar todas mis cosas de casa y trasladarlas al garaje.

Eden Pelf frunció el ceño y tapó el micrófono del móvil con la mano.

… y no me permitirá la entrada en casa hasta que *me deje de chorradas* y vuelva a utilizar lo que él llama el pronombre correcto tradicional para referirme a mí, dijo Lea Pelf.

Ah, dije.

Volví a acercarme al móvil.

El uso de «e» como desinencia de género neutro para reemplazar a los específicos «a» y «o» se viene proponiendo como mínimo desde 1976, dije. Y el inglés *they*, «ellos» o «ellas» en su uso más habitual, también se ha estado usando tradicionalmente como singular desde la época medieval, para aludir exactamente a lo que tú has dicho.

Gracias por el gesto de apoyo, es bonito de tu parte. Pero no necesito que me defendáis, ni tú ni nadie, dijo Lea Pelf.

Bueno, les dije. Ha estado bien conoceros. Muchas gracias por venir.

Sonreí con mis propios prejuicios sobre la progenie de Martina Inglis / Pelf. Eden y Lea me miraron con sus caras adultas llenas de prejuicios sobre mí. Me levanté y abrí los brazos de esa forma típica que da por finalizado un encuentro. Eden y Lea no se movieron del banco.

No nos iremos a ninguna parte hasta que nos des tu palabra de que nunca volverás a acercarte a nuestra madre. Ni a Lea, ni a mí.

Tenéis mi palabra. Ahora marchaos.

Fui a la verja trasera. Me detuve al lado, la abrí. Siguieron sin moverse del banco.

No nos vamos a ninguna parte hasta que nos digas cómo conseguir que nuestra madre vuelva a ser la persona que era, dijo Eden Pelf.

Esa es la clase de misterio que tendréis que resolver por vuestra cuenta, dije.

Vamos, Ede, dijo Lea Pelf. Aquí ya no tenemos nada que hacer.

Empujó a su hermana hasta que consiguió levantarla y luego la empujó hasta la verja.

Sabemos dónde vives, dijo Eden mientras la puerta se cerraba tras ella. Volveremos.

Traed mascarillas la próxima vez, les grité.

Luego me lavé las manos y volví al estudio para seguir trabajando.

Imaginación vs. realidad:

Tengo algo para ti. Cliqué el enlace de la pantalla. Martina Inglis, la misma pero distinta. Distinta pero la misma.

Martina Inglis estaba sentada y tenía detrás no una mesa, sino varias mesas llenas de fruta, cerámica y espacio, ¿y era un balcón lo que había arriba? Bajo un techo que parecía infinito, casi todo de cristal.

Sand, lozana como una sandía, me decía. Estás exactamente igual. Después de todos estos años. ¿Has vendido tu alma al diablo?

Sí, hará una media hora, le dije.

Dios, es verdad que no has cambiado nada. Me alegro de verte.

He contactado contigo porque tengo una historia que contarte sobre lo que me pasó el otro día, le dije.

Vale, estupendo, dijo. Sabía que lo harías. Sabía que no me defraudarías. Soy toda oídos.

Volví a casa al anochecer, después de dar un paseo por el bosque, y al abrir la puerta me llegó una especie de olor a quemado, metálico, como si alguien hubiese encendido algo parecido a un trozo de turba en algún rincón de mi casa. Fui hasta el fondo de la casa y luego volví al pie de la escalera. Aquel olor estaba en todas partes.

Ahora hay mucha gente con sensaciones olfatorias extrañas, dijo Martina Inglis.

No me interrumpas, no hay tiempo, le dije. Deja que te cuente primero todo lo que recuerdo y luego hablamos el tiempo que quede, tengo que estar en el hospital dentro de una hora.

¿Estás enferma? No lo pareces. ¿Quién está enfermo?, dijo.

Así que recorrí toda la planta baja encendiendo las luces y luego me empezó a preocupar que se tratara de algún problema eléctrico y volví a apagarlas todas, dije. Luego subí a la planta de arriba a oscuras.

Abrí la puerta del dormitorio.

Había alguien allí, agachado detrás de la cama, rebuscando en mi armario. No hay mucho que robar en mi armario. Encendí la luz. Era una persona vestida con sucios andrajos, claramente un sintecho o un drogadicto que había forzado la entrada. Todos los zapatos y botas que guardaba en la parte inferior del armario estaban desperdigados por el suelo y la perra de mi padre estaba sentada en la cama, donde sabe que no puede estar, mirándome como si la intrusa fuese yo y no la persona que estaba revolviendo mis cosas. Y entonces reparé en que había otro animal en la cama, junto a la perra; un animal bastante grande, del tamaño de un pavo pequeño. Pero parecía no tener patas ni cabeza.

¿Estabas alucinando?, dijo Martina Inglis. Mucha gente tiene alucinaciones posvíricas.

Y le dije a la perra: baja de la cama ahora mismo, y le dije a la persona: ¿cómo has entrado en mi casa? Y la persona se levantó del suelo, salió del armario y se volvió para mirarme, era solo una chica de unos dieciséis años y tenía la cara y las manos manchadas, toda ella parecía recién salida, no sé, de robar carbón de una mina en una película británica de los años sesenta, y vi que estaba poniendo un pie sucísimo dentro de una de mis mejores botas de invierno mientras me miraba a los ojos con insolencia, y dijo: esta perra necesita mucho más de lo que le estás dando, ¿qué clase de zoquete eres?, y yo dije: ¿y tú qué eres, de la policía canina?, y ella dijo: zapatos nuevos. Tienes más zapatos de los que necesitan tus pies, no los echarás en falta, y yo volví a preguntarle: ¿cómo has entrado en mi casa? Fácil, con una llave maestra, dijo ella. Cédeme los zapatos, y el pájaro y yo te dejaremos con Dios,

y justo entonces la cosa descabezada que había sobre la cama sacó la cabeza, sí que era un pájaro, había estado ovillado con la cabeza embutida entre sus plumas, y cuando la asomó vi un pico asombroso, tan largo, bueno, más largo que cualquier pico que hubiese visto hasta entonces o que me había imaginado que existía, largo y fino y delicadamente curvo como una espada ceremonial muy estilizada, y se quedó sentado junto a la perra de mi padre que seguía allí, en la cama, y su cara de pájaro con ese pico me recordó a las máscaras de la peste que se ven en los cuadros, de cuando la gente las llevaba en Venecia siglos atrás porque la longitud de la máscara mantenía los gérmenes a distancia, y el pájaro me miró a los ojos con sus profundos ojos negros.

Dios mío, dijo Martina Inglis en mi pantalla. Es el zarapito.

Ojos como lucecitas negras, le dije. Luego se puso de pie, batió las alas —cuya envergadura era demasiado grande para la habitación y torcieron la pantalla de la lámpara— y después saltó en el aire para encaramarse al hombro de la chica, que se cuadró para soportar el peso y se volvió hacia mí.

¿Puedo quedármelos o no?, me dijo. ¿Tengo elección?, le dije yo. ¿Dónde están las tuyos? En los pies del vagabundo que me las quitó de los pies. ¿Cuándo?, le dije. En el camino, después de que me echaran del gremio del metal, me dijo. ¿Formabas parte de un grupo de metal?, le dije, aunque me parecía muy joven para estar en una banda de *heavy*.

Pertenecía al Gremio del Oficio, me dijo.

Rebusqué en mi memoria, pero esa banda no me sonaba de nada.

¿Y qué cantan?, pregunté.

Lo que quieren, mas ya no estoy con ellos, me dijo. No importa, mis herramientas son mías, ahora voy errante de un sitio a otro.

¿Sería una especie de grupi? Era demasiado joven para ser indigente y drogata.

Clavos, alcayatas y cualquier ornamento, aquí estoy para serviros, me decía ahora. ¿Qué requiere arreglo aquí? Además de la pobre perra que has quebrado. Es una fractura interior, repararla es menester tuyo y no mío, mas te ofrezco en trueque reparar cualquier objeto de tu hogar a cambio de cobijo, tengo buena mano, cazuelas, cerraduras, pucheros, rejillas, candelabros, herrajes, durarán toda la vida, también tengo maña para los cuchillos, más de uno yace bajo tierra armado con un cuchillo de una servidora para blandirlo en su otra vida.

Iba colocadísima, a saber de qué. O eso, o había aprendido a hablar viendo antiguos episodios de *Poldark*.

Pero la mención del cuchillo…

¿Cómo te llamas?, le dije. Prefiero no responder, si no te importa, respondió. Levantó el brazo, despeinando las plumas del pájaro, y luego hizo un movimiento brusco con la mano y movió la cabeza como si colgara de una soga que acababa de romperle el cuello.

Santo cielo, no hagas eso, le dije.

¿Puedo entonces coger estos zapatos o no?, me dijo.

Había conseguido calzarse un buen par de botas y ahora se maravillaba con la cremallera de una de ellas.

Le dije que podía quedarse con las botas si me decía quiénes eran sus padres, dónde vivían, cómo podía localizarlos para hacerles saber que ella estaba bien, y si me contaba algo de su historia.

Me dijo que me lo contaría si le juraba que cuidaría de la pobre perra como es debido. Se lo juré. Le dije que había sido muy sagaz y que tenía razón, no le había dado nada a la perra, aparte de comida y agua. La chica asintió y el pájaro posado en su nuca me miró con ojos resplandecientes, mientras su pico curvo cruzaba los hombros de la joven y le bajaba por el pecho como un fajín conmemorativo o una línea que nadie iba a cruzar.

Ella se sentó en la moqueta; el pájaro se alzó un momento y luego volvió a posarse sobre su hombro.

Y entonces la chica me dijo que buena suerte si intentaba encontrar a sus padres, porque estaban muertos y bien muertos, y que su historia era que se le daban bien los caballos. Me dijo que la habían echado por fornicar. Luego se embarcó en un relato prolongado y fantasioso sobre un hombre santo con quien se había involucrado, ¿un tal Loy?, ¿o quizá Lloyd?, que claramente trabajaba en el mismo sitio que ella. Resulta que una vez lo llamaron para que herrara la pata de un caballo; como le dolía, el animal no dejaba que se le acercara nadie, corcoveaba y coceaba y ya había dejado a tres personas sin conocimiento. Entonces el hombre santo cogió un cuchillo muy afilado y le cortó la pata herida al caballo, y el caballo se quedó tranquilo apoyado en las otras tres, mirando al hombre santo que herraba el casco de la pata que le acababa de cortar, y que luego le volvió a colocar en el cuerpo y la soldó con un hierro candente.

Ah, Lloyd tiene al diablo cogido por el hocico, dijo ella. Lo puede mantener a distancia bien cogido con sus tenazas, y el pájaro abrió el pico y lo cerró como si con el pico quisiera demostrarlo.

Me contó todo esto con una lucidez que no me esperaba, o que quizá solo era de esperar en alguien tan colocado de a saber qué.

El trato era que me dirías dónde están tus padres y qué te había pasado, pero tú me has contado un montón de tonterías.

Si yo digo que esta es mi historia, ¿quién eres tú para decir que no lo es? Si quieres ayudarme, dame los zapatos. Dame un lugar donde pueda descansar en la oscuridad.

Puedes quedarte aquí tanto tiempo como quieras, le dije.

Solo me quedaré tanto tiempo como necesite.

¿Te gustaría lavarte?, le dije. Me preguntó qué mes era, y cuando le dije que abril me dijo que no, que se lavaba en mayo. Conque le di una manta, la acompañé abajo y la miré mientras se tapaba en el sofá. Se acostó. El pájaro se posó sobre su pecho con la cabeza vuelta hacia atrás y el pico embutido entre las plumas. La perra de mi padre también bajó. Se echó en el suelo junto al sofá como si estuviera con ellos, no conmigo.

Me senté en el otro extremo de la sala y esperé hasta que la visita se hubiese dormido. Después entré en internet y escribí *música Gremio del Oficio*, pero no apareció nada. Luego pensé en cómo podía comprobar si había fotos de personas desaparecidas en internet que se parecieran a ella.

Por debajo del cuello tenía una herida, un zigzag en la clavícula con muy mal aspecto, como una quemadura infectada.

El pájaro, con la cabeza doblada hacia atrás, abrió un ojo. La chica también tenía un ojo abierto y me miraba.

¿Qué te pasó en la clavícula?, le dije.

Una belleza, dijo ella. Una línea limpia, cuando cicatrice.

Deliraba. Quizá no fuese por las drogas. Quizá fuese por la infección de una mala quemadura como aquella.

Tengo pomada antiséptica en el baño, le dije.

Ungüento, dijo. Yo también soy sanadora, me han enseñado. Puedo curar a una dama con el agua de enfriar y también a los niños de piernas estevadas, y un hierro candente hace bien a cualquier herida, sobre todo a la boca inflamada del caballo, si tienes un caballo con la boca inflamada.

Negué con la cabeza. No tengo caballo, le dije.

Cerró los ojos. Una lástima, me dijo.

El pájaro que descansaba en la manta, sobre su pecho, también cerró el ojo.

Yo cerré los ojos en la pantalla de Martina Inglis, exactamente como si dijera la palabra fin.

Conté hasta cinco.

Volví a abrirlos.

Martina Inglis estaba sentada en su espacio neutro de la pantalla mirándome con los ojos muy abiertos, como si fuera una niña.

Y ya está. Nada más, le dije.

No. Pero tuvo que pasar algo más, dijo. ¿Qué pasó después?

No lo sé. Cuando me levanté ya se había ido. La manta estaba doblada sobre el sofá. La perra estaba en la puerta y parecía triste. Se llevó las botas. Se llevó la pomada antiséptica. Me alegro de que se la llevara. Alguien tendría que echarle un vistazo a esa quemadura.

Pero el pájaro, el pájaro en el hombro, dijo. Es el zarapito. ¿Verdad?

No lo sé, no tengo ni idea. Para serte sincera, parecía algo imposible. Un pico tan largo, ¿cómo puede un pájaro tener ese pico y no rompérselo cada vez que intenta comer algo?

Esa chica en tu casa, dijo Martina Inglis. Es una personificación, ¿verdad?

No, dije. Era una persona.

Una visión. De la persona que hizo la cerradura Boothby, ¿verdad?

No, era una persona que iba colocadísima, que hablaba el lenguaje pirado de los drogados, que forzó la cerradura de mi casa y me robó las botas porque alguien le había robado las suyas. Además no puedo limpiar la caca de pájaro de la moqueta.

Martina Inglis estaba fascinada.

Se frotó la cara, se tapó la boca con las manos, luego las apartó.

Una chica. Claro, ¿por qué no? ¿Por qué no iba a poder ser? Seguro que hubo algunas, tenía que haberlas. No muchas, probablemente. *Pucheros, cerraduras, herrajes, buena maña para los ornamentos.*

Martina Inglis movió la cabeza, pensativa.

Y expulsada por fornicar, pues sí, eso seguro que pudo pasar. Los aprendices de herrero tenían sus normas y fornicar era una de las prohibiciones, no se permitía fornicar si eras aprendiz. Y también. Esa quemadura que viste. ¿Qué forma tenía?

Como el pico abierto de un pájaro, le dije. Como el signo matemático mayor que. De un rojo intenso, muy inflamado, en la zona de la clavícula y el pecho.

La marca de la V, dijo. Era para los vagamundos. Vagabundos.

Esa chica vivía en la calle, eso seguro, le dije.

Ordenanza de los trabajadores de 1349, dijo Martina Inglis. Y después varias Leyes de Vagos y Maleantes durante los doscientos o trescientos años siguientes. Marcaban a hierro la letra V en el pecho o la cara de las personas que no tenían trabajo o que no pertenecían a la parroquia. Las parroquias nunca querían pagar por una boca más, por lo que marcaban a la gente con todo tipo de letras. La V era para aquellos que no tenían un techo, para cualquier persona errante como los juglares, bailarines y actores, los que se dedicaban al mundo del espectáculo. También marcaban a los que llamaban egiptanos, de ahí proviene la palabra gitano. Básicamente, a cualquiera que tuviese un aspecto extranjero. Hasta podían ahorcarlos.

Ya, pero esto no es historia. Es actual. Era una pobre chica que ahora mismo vivía en la calle. Vi el respingo que dio cuando se puso el antiséptico en la quemadura.

También es historia, dijo ella. Que ocurre ahora mismo. ¿No crees que con lo de «tú eliges» quizá se refiriese a su oferta a cambio de unos nuevos zapatos?

Me encogí de hombros.

Y las leyes contra los pobres tenían la función específica de fijar la localidad de la gente, dijo. No podían desplazarse sin más. Estaban obligados a trabajar allí donde se habían registrado. Las leyes aparecieron con la peste negra, pues murieron tantos que no había mano de obra. Y luego se decretaron las leyes de cercamiento, que arrebataron las tierras de uso comunal y la población ya no pudo sacar a pacer allí a sus animales ni encontrar combustible con tanta facilidad. Un truco para convertirlos en trabajadores forzados. Después una explosión demográfica hizo que aumentaran los vagabundos. Y marcaron públicamente a más personas con el hierro candente, un ejemplo perfecto para mantener a todos los demás en su sitio.

V de Vencido, dije.

Víctima, dijo.

Visita, dije.

Versus, dijo.

Pasado vs. presente. Nosotros vs. ellos, dije.

Los VIP y sus privilegios, dijo.

Ja, dije. V por ese programa de los años ochenta, *V*, en que unos alienígenas ávidos de poder aterrizaban con sus naves espaciales en ciudades de todo el mundo fingiendo que querían nuestro bien, para luego revelarse como monstruos.

Creo que no la vi, dijo ella. Pero V de Victoria, ¡hurra!

Voltaje, dije.

Velocidad, dijo.

Virus, dije.

Vacuna, dijo.

V de virtual, dije. Ha estado bien hablar contigo, aunque sea virtualmente.

No, no te vayas, dijo. Aún no. V de retro.

¿Vade?, dije.

Y V por la estrella coreana.

¿Quién?, dije.

V, dijo. De la banda BTS.

¿De qué?

Es de género neutro, me dijo, como une de mis hijas. BTS son lo que solíamos llamar un grupo de pop y están cambiando el mundo canción a canción. O eso me han dicho. Son muy bailables.

¿Cómo sabes siquiera algo así a tu avanzada edad?, le dije.

Avanzo con los tiempos, dijo.

Hablando del tema, dije.

Hice el gesto de mirarme la muñeca, donde no había ningún reloj.

Ella asintió. Me dirigió una mirada seria por el espacio virtual.

Gracias, Sand. Por tu V de visita imaginaria.

Ya te lo he dicho. Había una persona real en mi casa, una ladrona de verdad, drogada de verdad, sucia de verdad, maloliente de verdad, herida de verdad y con una quemadura en la clavícula que supuraba de verdad.

Martina Inglis volvió a asentir.

Percibí ese olor a quemado, dijo.

Eso es un síntoma, le dije.

Y puedo verla ahora trabajando con un fuelle en la fragua, me refiero a que puedo verla claramente.

Eso es otro síntoma, dije. Tendrías que hacerte una prueba.

Has abierto, has desbloqueado algo literalmente, me dijo. No solo para mí. En mí. Sabía que lo harías. Esta noche dormiré. Ella te dijo que era sanadora, ¿verdad? Me has obsequiado con una especie de curandera. Dios. Me siento extrañamente… dimensional. ¿Cómo lo has hecho?

Adiós y suerte, dije.

Puse el cursor sobre el botón de salir y lo pulsé. La pantalla volvió a preguntármelo. ¿Seguro que quería salir?

Sí.

Creo que he estado esperándote toda la vida, estaba diciendo Martina Inglis.

La hice desaparecer con un clic. Apagué el ordenador.

En mi mesa, junto a la pantalla, había una impresión de una pintura de William Blake.

Una figura, que puede ser un niño o una niña, está en una habitación con una puerta cerrada a su espalda. La puerta cerrada abarca todo el espacio del cuadro. La figura está delgada, ocupa un lateral de la imagen y tiene las manos unidas como en ruego u oración, pero está erguida, su actitud no es servil, y mira fuera del cuadro, más allá de las cabezas de los espectadores, como si hubiese algo detrás de nosotros; algo espantoso, o algo asombroso.

El niño o niña dice, sin decirlas, las palabras por favor.

Ante la puerta, detrás de la criatura y bloqueando cualquier escapatoria, hay un perro mucho más grande y corpulento con el hocico levantado, como si aullara.

¿Es un perro peligroso? ¿Es bueno? ¿Es como una especie de burlete gigantesco, así que quién sabe? Lo único claro sobre él es su tamaño y ese aullido silencioso que pasa entre él y la criatura.

No hay forma de salir de allí. La luz penetra en esa estancia desde otro lugar, pero en forma de haces de luz que parecen sumar más barrotes a la puerta.

El can hambriento que a la puerta de su amo espera / augura la ruina de la hacienda.

Lo que no le dije a Martina Inglis (yo ejem lo eliminé del relato) es que también había visto a esa chica acercarse a la chimenea de mi dormitorio y coger el reloj que me había regalado mi padre, el reloj verde lacado que su madre había comprado en Woolworth's en el periodo de entreguerras, y que andando con mis botas puestas y los brazos extendidos para mantener el reloj apartado de ella, se dirigió a la ventana y lo dejó caer al otro lado, de manera que se estrelló en la acera.

Luego las piezas de ese reloj, juro que lo vi con mis propios ojos, se alzaron rotas en el aire, flotaron desde la calle de vuelta a la ventana y se mantuvieron suspendidas pero magnetizadas entre sí como si quisieran reorganizarse de nuevo en forma de reloj, es más, como si lo estuvieran deseando.

Que es lo que hicieron finalmente y formaron un nuevo reloj con las piezas del viejo, el nuevo con una superficie adornada con grietas selladas, como una cerámica vidriada y antigua.

Se asomó a la ventana y alargó los brazos para coger el nuevo-viejo reloj, lo llevó al otro lado de la habitación y lo dejó allí donde estaba, sobre la chimenea.

Luego se acurrucó para dormir en el suelo, debajo de los estantes; el pájaro hizo lo mismo un par de estantes más arriba, sobre una hilera de libros de bolsillo, con el pico hacia atrás embutido entre las plumas, y la perra de mi padre se durmió a su lado con la cabeza sobre las patas, como hacen los perros que cuidan de las personas que viven en los portales de las tiendas.

No parecía cómodo para una chica dormir así en el suelo, por lo que me la imaginé abajo en el sofá bajo una cálida manta, aunque también cuidada por los animales.

Claro que allí no había ninguna chica, ni ningún pájaro.

Solo yo y la perra de mi padre.

Puse en un cuenco, junto a la cabeza de la perra, su marca preferida de galletas que solo podía permitirme dos días a la semana. Miré el reloj agrietado y vi lo tarde que era. Me lavé los dientes, me acosté, apagué la luz y con la cabeza en la almohada pensé en la palabra. Marca. Marca registrada. Marca de fábrica. Marca de nacimiento. Marcapasos. Marcar.

Con la letra F marcaban a los que habían cometido un fraude.

Con la letra E se marcaba a los esclavos. Se podía reclamar como esclavo a cualquier persona desocupada de la parroquia durante más de tres días; se les marcaba a fuego la letra E en la cara y después se los podía obligar a trabajar legalmente para ti sin pagarles nada.

La letra B era para los blasfemos.

La letra L para los ladrones.

Las letras SL para los sediciosos libelistas o para cualquiera que desafiase o animase a la insurrección contra el orden establecido.

El hierro de marcar en la fragua, con la letra V de un blanco refulgente en el calor.

Marcar de por vida.

Forja o fuga.

Superficie vs. profundidad:

y en aquel entonces alfeñique era un dulce en forma de barra delgada y retorcida, y de ahí alfeñique pasó a significar debilucho, le dije a mi padre. Esa es buena.

Le contaba en voz baja, con el aire del hospital penetrando a través de la mascarilla, los libros de palabras antiguas que había estado leyendo.

Como una serie de palabras inglesas utilizadas por los pobres, los pícaros y los vagabundos, es decir, los marginados, allá por 1690, le digo. *Dumb* o *dub* era una llave que podía abrir cualquier puerta. Un *lanspresado* era alguien que salía a beber regularmente con todo el mundo, pero que nunca llevaba la cartera encima. (Me lo imaginé riendo con esta). Y si te ha gustado la anterior, te gustará la que viene ahora. *Lord* era la palabra que usaban para denominar a las personas deformes o encorvadas. Y un *taleteller* era el criado que contrataban para dormir a la gente contándoles un montón de bobadas. También era un sinónimo de autor.

Mi padre reía como una tempestad desatada a varias brazas de profundidad. Mi padre / no mi padre en la cama. Ahora se permitían visitas en las zonas de hospitalizados por causas ajenas al virus, solo visitas breves con distancia social, enmascaradas y enguantadas. Mi padre se encontraba en una especie de hiato entre la con y la inconsciencia, tan cansado que en parte seguía en otra parte, me explicó su enfermera, Viola. Pero él sabría que yo estaba aquí, por lo que podía hablarle. Cuéntele cosas, me había dicho Viola.

¿Qué más podía contarle?

Los zarapitos ya aparecen en uno de los primeros poemas ingleses que tenemos, se me ocurrió decir, con la esperanza de que me escuchara. En un poema de hace mil años, uno de los primeros ejemplos escritos de poesía en inglés, hay un par de versos donde quizá aparezca un zarapito. El poema trata de una persona que se encuentra muy lejos de tierra firme, que lleva mucho tiempo en una barca en alta mar y es una suerte de plegaria sobre nuestra soledad y nuestra supervivencia. Por el poema pasan todas las estaciones, o quien habla en el poema pasa en la barca por todas las estaciones sin más compañía que el mar y la vida marina. Excepto, papá, y eso es lo que me encanta, que en realidad esa persona no está sola *porque* yo estoy leyendo o escuchando el poema, o tú, si eres tú quien lo lee. Una conversación con algo o alguien que guarda silencio sigue siendo una conversación.

Además, imagínate, nosotros en el futuro todavía leemos ese poema, yo estoy sentada aquí, hablándote de ese poema, más de mil años después de que se haya escrito. Me llena de asombro pensar que la persona del poema no está sola cada vez que alguien lo lee. Pues bien, mientras está allí, en ese mar solitario, la persona de la barca dice que los gritos de los alcatraces y el canto de los zarapitos es lo que reemplaza la risa de los hombres. En otras palabras, sustituyen el sonido feliz que se produce cuando las personas pasan un rato juntas, dije a través de la mascarilla al silencio que rodeaba los pitidos de las máquinas.

Mi padre, a la deriva.

¿O era yo la perdida?

De modo que en el aire marino hay alegría *y* tristeza al mismo tiempo, dije. Como si la alegría y la tristeza fuesen compañeras de viaje naturales. Y quizá esta persona *siempre* se sentía abandonada y algo alejada, me refiero en compañía de otras personas, incluso cuando no estaba cerca en el mar.

Me quedé sentada mientras las palabras que había pronunciado en voz alta se disipaban en el aire del hospital.

Bip.   Bip.

V de visita.

Mi padre estaba en algún lugar donde yo no podía entrar, con todas sus ventanas a oscuras.

O quizá fuese yo la que estaba a oscuras, y él en un lugar luminoso.

Pero qué gran conversación manteníamos, una de las mejores de nuestra vida, ¡ja, ja!

Él se reiría de esto, ¿verdad? Cuando volviese en sí y le contara todas las cosas que había tenido que escuchar sin que le dejara meter baza.

Ya has llegado más lejos que yo
cuando empecé el instituto.
Ya has llegado mucho más lejos que yo
cuando empecé la universidad.
Duele… duele… el corazón.

Ahora me encuentro a la distancia correcta en la puerta del almacén donde está ingresado.

A los zarapitos se los define como aves migratorias locales, le dije. Algunos abandonan el país, pero otros se desplazan según las estaciones sin salir del Reino Unido. *Numenius arquata.* Si el nombre del género viene del griego, se refiere a que sus picos están curvados como una luna nueva o un arco. Si proviene del latín, quizá se refiera a que los zarapitos son numinosos, una señal de presencia divina, por lo que avistarlos es como si un dios te hubiese saludado al pasar. Se dice que es la más salvaje de todas las aves, imposible de domesticar. Y pueden vivir treinta años. Y ahora son una especie en verdadero peligro de extinción. Los especialistas creen que se habrán extinguido por completo en el Reino Unido dentro de unos ocho años. Eso es menos de un tercio de la esperanza de vida de un zarapito.

Un zafarrancho de zarapitos.

Viola vino a avisarme de que se había acabado el tiempo.

Volvió a decirme que la llamase al móvil a cualquier hora del día o de la noche si estaba preocupada o quería tener noticias, y que me llamaría de inmediato si surgía algo.

Le dije de nuevo cuánto se lo agradecía y que ojalá pudiera abrazarla.

Pronto, me dijo, y sus ojos sonrieron, pero estaban muy cansados.

Bajé la escalera y salí. Me dirigí al coche, pero en lugar de subir fui a la cerca baja que rodeaba el aparcamiento, donde la chapa ondulada estaba hundida porque a lo largo del último año muchísima gente se había sentado allí en los días que no nos estaba permitido entrar en el hospital; éramos bastantes los que, separados por una distancia segura, nos quedábamos allí sentados mirando el edificio donde se encontraban nuestros seres queridos.

Un conductor de autobús.

Una cocinera escolar.

Diseña libros.

Profesora.

Se contagió en la calle.

Se lo contagió mi hermano.

Lo pilló a saber cómo. Como era paciente de riesgo, no salió de casa hasta que dijeron que era seguro volver a salir.

Ingresó por un desmayo y se contagió en el hospital.

Corredora de maratones, fanática de la salud, nunca enfermaba.

Un enfermero. Tenemos tantas tarjetas de agradecimiento en casa que no podemos cerrar los cajones del escritorio.

Jardín lleno de dalias, gana premios todos los años, son excelentes.

Solo comimos fuera esa única vez.

Voy todos los días a su casa a tirar de la cadena para que las ratas no suban por las cañerías.

Nos lo pasamos en grande. Nos emborrachamos tanto y éramos tan felices, corrimos por delante de todos los restaurantes desde el puerto hasta el faro y cuando llegamos allí nos tumbamos en la calzada muertos de risa, y la gente al pasar también se reía al vernos.

Yo mejoré, pero él no.

Mi madre. Mi hermana. Mi padre. Mi hermano. Mi amor. Mi compañero. Mi amiga.

Yo asentía.

Yo miraba el edificio como ellos y decíamos cosas como

no estamos solos

y

no estáis solos.

Me conocía todas las briznas de hierba de la acera resquebrajada y una ramita de algo (ni idea de qué) que se abría camino por la grieta del asfalto que había junto a la marquesina de la parada de autobús.

Los hierbajos que crecían en el lateral de esa parada de autobús eran tenaces.

Verdadero vs. falso:

la perra de mi padre empezó a ladrar. Ladraba porque alguien gritaba delante de casa. Salí del estudio, crucé la planta baja y miré por la ventana que daba a la calle.

Era una gemela Pelf.

AQUÍ VIVE UNA DESTROZAFAMILIAS, gritaba la gemela.

Abrí la puerta. Era la gemela CELINE, me pareció. Eden.

¿Qué haces?, le dije.

Le estoy diciendo a la gente que tiene la mala suerte de vivir cerca de ti quién eres en realidad, dijo.

Se volvió hacia la calle y gritó:

LA PERSONA QUE VIVE AQUÍ ES UNA PRO-GRESISTA ENGAÑADA Y DEGENERADA QUE UTI-LIZA LA PANDEMIA COMO EXCUSA PARA EL LIBERTINAJE.

Un grupito de vecinos se había congregado en los portales de sus casas. Steve estaba allí, y Carlo, y Marie y Jaharanah, y Madison y Ashley. Los saludé. Ellos me saludaron.

¿Estás bien, Sand?, gritó Jaharanah.

De momento, dije.

Y entonces yo también empecé a gritar.

LA PERSONA QUE GRITA ANTE MI CASA ES UNA PORFIADORA.

¿Qué me acabas de llamar?, dijo Eden Pelf.

ES UNA ADONADA, UNA PALOMINA, UN BUSILIS DEL ENCANTO.

¡Deja de llamarme esas cosas!, dijo.

Rompió a llorar.

¿Qué significa porfiadora?, preguntó. ¿Cómo te atreves a llamarme algo así?

Oye, ¿quieres una taza de té?, le dije. Espera aquí, te la traigo.

QUIERO QUE TE MUERAS, gritó entre lágrimas.

Ahora sollozaba.

¿Qué le has hecho a mi madre?, dijo.

¿Sigue desaparecida?

No, dijo Eden. Está en casa. Pero es que. Es que aunque está, ya no la reconocemos.

Antes de que pudiera apartarme de ella, se me desplomó encima hecha un mar de lágrimas.

Vaya por Dios, dije. Ay, no.

Extendí los brazos para alejarme.

Necesito sentarme, dijo. Creo que me voy a desmayar.

Abrí las ventanas de par en par y la senté en la sala. Fui a lavarme las manos. Cuando volví y me detuve en el umbral, Eden estaba mirando los estantes.

Cuántos libros, dijo.

Muchos menos de los que había, dije yo. Los estoy reduciendo poco a poco.

¿Por qué?

Me hago mayor.

Es muy raro decir eso, dijo.

Gracias, dije.

¿Tú también TEC?, preguntó. Yo sí.

Pues no lo sé. ¿Yo también?, dije.

Significa que si trabajas en casa.

Ah. Sí. Tengo el taller en el estudio del jardín.

¿Ese viejo chamizo?, dijo.

Ese viejo chamizo.

¿Qué haces?

Soy pintora.

¿Y decoradora?

No. De la otra clase.

¿Estás en ERTE?, dijo.

No, estoy harta.

Yo lo estuve, al principio. Pero el año pasado conseguimos un nuevo encargo de los gordos y la administración enloqueció y tuvimos que organizar cosas que no teníamos ni idea de cómo organizar y nos equivocamos constantemente.

Bien. ¿Cómo tomas el té?, le dije.

No quiero té. No quiero nada. Todo sabe fatal.

Ah, dije. Vaya.

Como si algo estuviese podrido. Tengo una sensación de ardor y un olor en el fondo de la nariz que hace que todo me sepa igual, dijo. Llevo dos meses así. Me ha quitado las ganas de volver a probar bocado.

¿Estuviste mucho tiempo enferma?

No me puse enferma, dijo. Nunca me pongo enferma. Un día, a saber por qué, las cosas dejaron de saber como antes. Y ahora ni siquiera noto el sabor de cosas que tienen mucho sabor, como las especiadas y las picantes. Ni mucho menos disfruto de un trozo de pan.

Se te pasará, le dije. Parece que con el tiempo lo del sabor y el olor se soluciona.

¿Y si no?

Tendrás que vivir con esa posibilidad durante un tiempo, le dije.

Puso cara de absoluta desesperación.

Lo odio, dijo. Quiero que el sabor de las cosas vuelva a ser como antes. Quiero que todo vuelva a ser como antes.

Me senté en el brazo de la butaca más alejada, en el otro extremo de la sala.

Ahora harás una broma sobre mi mal gusto, como hace Lea, me dijo.

Creo que todos estamos sometidos a mucha presión, le dije. Creo que hay muchos sentimientos a flor de piel, y no solo por la enfermedad que hemos sufrido. Creo que hay mucha desesperación e incluso más enfado del que había antes.

PTI yo no estoy enfadada, dijo, enjugándose las lágrimas con la manga.

Lo dijo muy enfadada.

Creo que llevamos media década absorbiendo enfado como esponjas. Esta no es la primera vez que alguien se pone a gritar delante de mi casa.

¿También destrozaste su dinámica familiar?, dijo.

Un día, hace un par de años, antes de la covid, estaba leyendo un libro en la butaca donde estás tú ahora, le dije. Y una mujer y un hombre que no conocía ni he vuelto a ver empezaron a gritar fuera. Al poco comprendí que estaban gritando a mi ventana. Así que la abrí. Les pregunté qué pasaba. La mujer dijo que mi sala la había enojado. El hombre dijo que yo era una perezosa. No tenía ni idea de a qué se referían. Luego caí en la cuenta de que estaban enfadados por mis libros.

¿Gritaban a tus libros?

Es curioso, dije. Cuando era niña pensaba que llenar una habitación de libros era una de las cosas más emocionantes que se le podía hacer a una habitación.

¿Y qué les dijiste?

Que pensaba que los libros eran importantes.

¿Por qué?, dijo Eden.

Hum. Bueno. Porque creo que lo son. Y ellos me dijeron que yo era escoria, espacio desperdiciado. Yo les dije que el espacio nunca se desperdiciaba y el hombre me dijo que cerrara la boca y la mujer me dijo que dejara de ser agresiva con el hombre por responderle, y luego se marcharon. Y yo volví a mi libro.

No, me refiero a por qué son importantes los libros, dijo Eden.

¿Aparte de porque son un placer? Porque, hum, porque son una de las formas en que podemos imaginarnos de otra forma.

¿Y por qué íbamos a querer algo así?

¿Y por qué no?

¿Es eso lo que le has hecho a nuestra madre?

Buf, dije.

Eden paseaba la vista por la sala como si buscase pistas. Observaba el techo y las puertas que daban a la parte de atrás como si estuviera decidiendo si yo tenía otras madres encerradas por la casa.

¡Oh!, exclamó.

Sacó un libro del estante cercano.

¡Las hadas de Cottingley!, dijo. ¿Qué sabes de las hadas de Cottingley?

Que son *fake news* de hace un siglo.

Increíble, dijo.

Se sentó a hojearlo.

Me encantaban. Hice un proyecto sobre ellas, un trabajo para el colegio, me dijo. Todo estaba vinculado con las secuelas de una guerra. Después de tantas muertes, la gente quería creer en las hadas. Llevaba años sin acordarme de eso.

Eden se puso el libro en las rodillas.

Lo que es asombroso es que pasara tanto tiempo sin que nadie pudiese probar que eran falsas, ni siquiera el tipo que escribió *Sherlock Holmes*, el de los libros, no la serie de la tele, que dijo que ver esas fotografías había sacado al pueblo británico de su triste lodazal. Bueno. Él no quería que las fotografías fuesen falsas. Él creía en los espíritus y en todas esas chorradas, dijo.

Volvió a abrir el libro.

Me encanta que las hadas de las fotografías lleven esos peinados tan modernos para la época, mira…

Lo abrió del todo y me lo acercó.

… y en esta foto parece que el hada que mira la niña, no recuerdo si es Emily o la otra, le ofrece una flor y todo parece tan real, qué ingeniosas fueron. O sea, eran niñas que se aburrían ese verano. Y engañaron a todo el mundo. Imagínate, hasta tú tienes un libro sobre ellas. Cuando yo era pequeña, de la edad de Amelie, sí que creía en las hadas, no solo en las de esas fotos, sino en las hadas en general. Al pensar ahora cuánto creía en ellas… Imaginaba que cuando la brisa soplaba entre los arbustos, el roce de las hojas sonaba igual que las hadas cuando hablaban entre sí. Pero evidentemente también sabía que no existían. Me encantó hacer ese trabajo sobre ellas, fue un proyecto para la asignatura de Arte, en el…

Había abierto tanto el libro que el lomo se partió en dos.

Ay, no. Vaya, dijo. Lo siento muchísimo.

No importa, le dije. De verdad que no importa, para nada.

Estoy tan avergonzada. Lo he roto. Te compraré otro.

No hace falta. La verdad es que puedes quedártelo, si quieres. Las dos mitades. No necesito volver a leerlo.

Se me quedó mirando.

¿De veras? ¿Puedo quedármelo?

Sí, dije.

No puedo, dijo.

Lo que prefieras, tú decides. Si no, irá al cubo de reciclaje.

Se echó a llorar de nuevo.

Lo siento, dijo. Es la idea de las hadas, aunque no sean reales, en el cubo de reciclaje. Y esas niñas de hace cien años. Que fueron unas niñas reales. En el reciclaje.

Puso la mano en su bolso CELINE y sacó al mismo tiempo el móvil y un puñado de pañuelos de papel.

Ay, no. Pero ¿cómo…? Esto es rarísimo, dijo.

Miró el móvil, pasó el dedo por la pantalla.

Está muerto, añadió.

Pulsó el botón. Nada. Volvió a intentarlo.

Qué raro, está muerto del todo. Mira. ¿Qué le pasa?

La atenazaba el pánico.

Se ha quedado sin batería, le dije.

Lo he cargado esta mañana. No tendría que pasar, no puede pasar, es imposible, algo va mal, muy mal.

Lo zarandeó. Volvió a pulsar el botón.

Ay, Dios, dijo. No.

Reinícialo, le dije.

No puedo. No me deja.

Pulsó algo. Zarandeó el móvil. Volvió a pulsar algo.

Déjame probar, le dije.

Crucé la habitación y alargué el brazo para mantenerme lo más alejada posible. Cogí el móvil, mantuve el botón pulsado y conté hasta quince. La pantalla se iluminó.

¡Increíble! ¿Cómo lo has hecho?, dijo. ¡Menos mal!

Si te vuelve a pasar, mantén este botón apretado un buen rato.

Eden guardó el libro en su bolso y se levantó.

TQI, dijo. Eso es tengo que irme.

Lo que digas, dije.

TP, dijo. Eso quiere decir tengo prisa.

Se volvió en la puerta.

Gracias. Por arreglarme el móvil.

No he sido yo, le dije. Han sido las hadas.

Pareció sorprenderse. Luego me dirigió una sonrisa enorme.

Vi que andaba hasta el final de la calle, subía a un coche y cerraba la puerta. Vi que se alejaba. Luego cerré mi puerta, me desinfecté las manos y fui a darme un baño.

Tragedia vs. farsa:

Me había sentado al lado de la ventana para descansar del poema de Dylan Thomas en el que estaba trabajando.[2]

Llevaba pintando capas del poema desde inicios de la pandemia, primero blancas y luego verdes y luego doradas y luego más blancas y luego rojas, y ahora, finalmente, verdes. Por pura coincidencia había superpuesto capas con las palabras *zarapitos* y *zarapito* meses atrás, eran palabras en las que nunca había pensado antes de estos años o de este poema.

En el poema, Dylan Thomas evoca todo el deseo y la añoranza que siempre ha existido en todas las personas que han vivido y han muerto y se han convertido en polvo, y en nosotros, los todavía vivos que moriremos también, y en todas las personas que vendrán después, que vivirán y morirán. Luego se imagina ese deseo como un fuego en la oscuridad que nunca dejará de arder, y las imágenes del zarapito están muy presentes a lo largo de todo el poema.

Había estado trabajando a partir de la primera palabra hacia la última. Me encontraba en la penúltima, *fogatas*. Después todavía me faltaba la palabra *todavía*. Estas últimas palabras eran y serían verdes, y estaba yo pensando en la noción de fuego verde, en lo que ocurría cuando esas

---

[2] Se trata de «In the White Giant's Thigh», «En el muslo del gigante blanco». *(N. de la T.)*

dos palabras se unían, cuando la palabra *escarlata* se iluminó en el lomo de un libro que había en un estante cercano.

¿Qué libro era?

La letra escarlata.

Lo saqué del estante.

Era una edición en rústica tan vieja como mi persona y todavía inmaculada. Nadie había leído ese libro, ni siquiera yo. Lo había comprado en un mercadillo de segunda mano hacía más de cuarenta años y desde entonces había estado, sin que nadie lo abriese, en la estantería de todas las casas donde yo había vivido.

Lo abrí.

10p escrito a lápiz en la guarda. Debajo alguien había escrito con bolígrafo rojo las palabras

Para usted, con toda mi admiración, Nathaniel Hawthorne.

Una broma, claro está.

En cualquier caso, había acabado sin que nadie lo leyera en un puesto de libros de segunda mano, por lo que quienquiera que lo regalase se lo dio a alguien que no comprendió, o no le gustó, o no quiso saber nada de la broma.

Yo conocía un poco el argumento; es una novela clásica. Quizá por eso nunca la había leído. Quizá creía que ya lo sabía todo sobre ella.

¿Y si la próxima vez pintaba una novela en lugar de un poema?

Tal vez, cuando acabase de pintar algo tan largo como esta novela, ya estaríamos todos en el que fuese el siguiente estadio de esta época de nuestras vidas, a través de la tragedia, superada la farsa.

Primera página:

Un tropel de hombres barbudos, vestidos con ropas de colores tristes y altos sombreros grises, mezclados con mujeres, unas con capuchas en la cabeza y otras descubiertas, se hallaba congregado frente a un edificio de madera cuya puerta de sólido roble estaba tachonada de clavos de hierro.

Colores tristes. Ropas eclesiásticas. Hombres y mujeres, algunos con la cabeza descubierta, por lo que algo escandaloso sucedía. Puertas pesadas. Clavos de hierro.

Leí por encima hasta el final de la página.

Utopía. Cementerio. Prisión.

Volví la página.

Rosal. Historia.

Coger una de sus flores y ofrecérsela al lector.

Ah, eso es bueno.

¿Iría yo de la primera palabra a la última o de la última a la primera?

Transferir un texto de principio a fin a una pintura al óleo tiene peso, tiene una conclusión física, puede ser satisfactorio. También puede percibirse como demasiado fijo, cerrado y completo. Ir del final al principio quizá transmita una sensación de precipitación, de inseguridad. Pero la obra terminada se puede liberar por saberse que la superficie acabada que encuentra nuestra mirada es un inicio, no un final. Sin embargo, durante el proceso, en parte es como si se fuera marcha atrás por una autopista a una velocidad de vértigo, mientras el resto de los vehículos avanza rápidamente a nuestro alrededor.

En cualquiera de ambos casos, lo esencial es la acumulación de las capas.

Tiene lugar un proceso dimensional, un poco como lo que ocurre entre las propias palabras, su materialización física y los objetos físicos que llamamos libros.

Leí la última página:

nuestra leyenda que ahora concluye; tan sombría es, que solo revela un punto de eterno resplandor, más tétrico aún que la sombra: «*EN UN CAMPO SABLE, LA LETRA A DE GULES*».

Gules.

Gules es el color rojo en heráldica. Es una palabra que Shakespeare utiliza para la sangre, o el color de la sangre. La usa en *Hamlet* y también con esa palabra, sable, cuando describe a un guerrero que primero está escondido en el oscuro interior del caballo troyano y luego fuera, cubierto por la sangre de las familias que ha asesinado. El guerrero se llama Pirro. Es una victoria pírrica.

Si empezaba por el final del libro, entonces la superficie sería de un color rosado superpuesto con *colores tristes* (tendría que decidir qué significa colores tristes, ya que ningún color es triste en sí). En cambio, si empezaba por el inicio del libro, la superficie acabaría siendo de un intenso rojo sangre heráldico.

Estaba a punto de consultar en el móvil si me estaba imaginando que Pirro también significa rojo, en particular el rojo encendido del fuego, cuando

toc, toc.

La puerta.

Perra, ladrido.

Pelf en el felpudo.

Su cara tenía una expresión decidida. Era Lea. Había una bolsa de viaje bastante grande a sus pies.

¿Vas a algún sitio bonito?, le dije.

No sabía adónde ir, dijo Lea.

Confinamiento. Es complicado, le dije. Lo siento. Pero sigue habiendo formas de salir del país. O también unas, cómo se llaman. Vacaciones en casa.

No, me refiero a que no tengo casa. Me ha echado.

¿Quién?

Lea enarcó las cejas.

Al parecer, para mi padre no soy una chica como Dios manda. Ni tampoco seré el hijo y heredero que él quería. Y varios otros clichés. Pues bien. Tiene razón.

Creía que ya te había echado, le dije.

Vivía en el taller de encima del garaje. En el destierro. Para ver si me hacía entrar en razón. Pero como no me ha hecho entrar en razón, ahora también quiere desterrarme del garaje, dijo. Mancillo su Audi.

Vaya por Dios. ¿Y qué dice tu madre al respecto? ¿Qué opina?

¿No está aquí contigo?, dijo Lea.

No.

Ah, dijo Lea.

Pausa incómoda.

Lea Pelf siguió sin decir nada.

Luego:

mi hermana dice que fuiste encantadora con ella cuando se dejó caer por aquí.

Sí, y se dejó convencer.

Lea cambió el peso de un pie al otro.

No sé adónde ir si no.

Tienes amigos, le dije.

Nadie sin complicaciones, dijo Lea.

Colegas del trabajo, dije. Y debes de tener dinero con tu trabajo en TI para IG.

No tengo colegas en ese plan. Trabajo desde casa. Mejor dicho, trabajaba. Luego trabajé desde el garaje. En realidad soy una especie de dron, pero nada de altos vuelos. Soy solo un ojo humano nivel júnior.

¿Y eso qué significa?

Escaneo material para varias empresas en busca de cosas que los escáneres digitales quizá hayan pasado por alto o malinterpretado, para asegurarnos de que nadie puede demandarlas. El ojo humano júnior está muy mal pagado.

En tal caso tendrás formación jurídica, dije.

No. Nos hacen descargar la lista de aquello que tenemos que buscar. Si vemos algo de la lista en cualquiera de los contenidos, se lo enviamos a los ojos humanos de los abogados, dijo. Se supone que eso tendría que estar haciendo yo ahora mismo. Tengo que cumplir con la diaria.

¿La diaria?

La cuota diaria.

Lea se abrazó, como si tuviera frío.

¿Dónde está tu abrigo?, le dije.

En casa. En el garaje. Yo solo… Me he subido a un tren y he venido aquí.

Tiene que haber algún sitio cálido donde puedas sentarte y trabajar, le dije. ¿Qué me dices de la biblioteca? Ay, ay, no.

Había olvidado que ahora la biblioteca eran pisos de lujo.

Tengo un amigo que vive en lo que era la antigua sala de lectura, dijo Lea. Una arquitectura increíble. Techos abovedados.

Pues ya está. Puedes ir ahí.

Bueno, no es un amigo. Un jefe, en realidad. Apenas lo conozco. Dios, si se enterasen en el trabajo de que no tengo un sitio donde trabajar… Ahora mismo estarán comprobando mis cuotas. Las máquinas nos vigilan, iba a decir como halcones pero es peor, nos vigilan como máquinas. Cada veinte minutos pasan un informe sobre qué y cuánto, y nos clasifican y evalúan a diario.

Puedes ir a un café, le dije. Son cálidos y agradables. Con esas estufas fuera. O las cafeterías de hotel. ¿Ahora permiten de nuevo la entrada de clientes?

Pareces tan guay, dijo Lea. Como una diosa.

¿Que yo qué?, dije.

Parece que lo pillas todo.

Lea tenía la cara como un tomate.

Hum, le dije. No puedes quedarte aquí. Ni siquiera puedes entrar aquí.

Fue muy amable por tu parte dejar pasar a Eden, me dijo.

No tuve más remedio, dije. Dado su estado emocional.

Eres maravillosa, Sandy. Te enfrentaste a mi padre sobre mi estado emocional. Le hablaste alto y claro al teléfono. No te intimidó. Estuviste magnífica. Tú hablaste y él tuvo que escuchar. Eres una catalizadora. Eres un avatar. Has transformado a nuestra madre en una persona viva. Hasta ahora estaba como muerta. Tú eres lo que nuestra familia llevaba necesitando todo este tiempo. Eres increíble.

Por favor. Lea, dije. Para.

Creo que tú eres la razón de que mi padre me haya echado.

No intentes manipularme. Me doy cuenta.

Te das cuenta de todo, dijo Lea. Creo que nunca he conocido a nadie con tu sabiduría.

Has pasado menos de veinte minutos en mi compañía.

Solo hace falta un momento para verlo.

Eso es una locura, dije.

Pero Lea estaba mirando su móvil. Se le escurrió el color de la cara.

Ay, Dios, dijo.

¿Qué?

Del trabajo. Te lo he dicho. Me han marcado dos veces por cuota ausente. Ay, Dios.

Se sentó en el escalón de mi portal, abrió la cremallera de la bolsa y sacó un portátil.

Déjame iniciar sesión un minuto y que parezca que cumplo con las cuotas, me dijo.

Empezó a llover. Lea sacó una camisa blanca de la bolsa y se cubrió la cabeza y el ordenador.

Arreció la lluvia. Tap, tap, tap. De tan mojada, la camisa se había vuelto transparente. Podía ver claramente a Lea debajo.

Oye. Puedes hacer eso en el recibidor, le dije. Ahí, siéntate ahí. No te me acerques. Ahí. En la escalera. No, deja la puerta abierta.

Gracias, me dijo. Es increíble lo amable que eres. Sé que estás sometida a mucha presión, Sand. Eres auténtica, de verdad. ¿Tienes secador de pelo?

No. Bueno, sí, pero no te lo dejo.

Goteando lluvia por todo el viejo parqué, Lea colgó la camisa mojada en la barandilla, se sentó en el tercer peldaño y empezó a teclear. Yo me puse una mascarilla. Volví a sentarme en la sala, junto a la puerta de la cocina. El frío aire primaveral penetró en la casa y me mantuvo despierta.

Pasaron veinte minutos.

Comprobé el móvil.

Ningún mensaje del hospital.

Ningún mensaje de Viola.

La lluvia que entraba en el recibidor oscureció el suelo próximo a la puerta.

Volví a comprobar el móvil.

Ningún mensaje del hospital.

Ningún mensaje de Viola.

Deberías tener una página web, ¿sabes?, dijo Lea mientras tecleaba.

No quiero una página web, le dije.

Hay cosas sobre ti en internet, sobre tus pinturas, sobre tu obra. Pintas palabras encima de otras. Eso mola. Los cuadros son alucinantes. Parecen tridimensionales. Como un sándwich club.

¿Ves? Ya hay mucha información sobre mí en internet.

Pero no la estás utilizando, dijo Lea. Puedo ponerte en contacto con un par de *influencers*. Tiene su precio. Dinero bien invertido.

Por pura curiosidad, Lea. ¿Qué se puede descubrir en internet sobre alguien si, como tú, se sabe dónde mirar?

Pues todo, dijo Lea. Todo.

¿Como qué?

¿Qué necesitas?, dijo. ¿Dirección del trabajo? ¿Domicilio? ¿Correo web? ¿Detalles médicos? Pasaporte. Número de hijos. Nivel académico. Nivel académico de los hijos. Salario anual bruto en cualquier moneda. Compras con tarjeta de crédito. Categoría financiera y de estilo de vida. Pasatiempos. Intereses. Intenciones de voto. Vínculos religiosos y políticos. Qué ves. Por dónde navegas en línea. Qué comes. Cuánto alcohol bebes en casa. Patrones sintácticos. Tendencias sexuales.

¿De verdad puedes encontrar información sobre patrones sintácticos?

Los dispositivos, dijo Lea. Son la clave. Para todo. Para todos. Vivos o muertos.

Y luego siguió tecleando.

Toc, toc en la puerta abierta de la calle.

La perra empezó a ladrar de nuevo.

La otra gemela Pelf estaba en el umbral, bajo un paraguas.

¿La perra está encerrada en la cocina?, preguntó.

Sí, le dije.

¿Por qué llevas mascarilla?

Porque hay una pandemia.

La vida no se acaba con esta aburrida pandemia. Las mascarillas me molestan. Ver a la gente con mascarilla tiene un efecto negativo en mi salud mental, dijo. ¿No te la vas a quitar? ¿Ahora que has visto que soy solo yo?

No. ¿Qué quieres, Eden?

He venido porque he pensado que te gustaría ver esto.

Me mostró lo que parecía un cuaderno escolar. La lluvia cayó en la tapa azul y dejó unos manchurrones junto a su nombre.

Tenía que venir porque me sentía fatal, dijo. Porque el otro día me equivoqué con el nombre de esa niña. Dije que era Emily. No era Emily, era Elsie. Estaba tan molesta por haberme equivocado que no podía dormir. Y me puse a rebuscar entre mis cosas de cuando era joven. Ah, hola, Lea.

Hola, dijo Lea sin levantar la vista de la pantalla.

He rebuscado por todas partes, creía que quizá lo habrían tirado cuando reconvirtieron la buhardilla, me aterrorizaba pensar que no lo encontraría, dijo Eden. Pero ¡estaba! Lo encontré al otro lado del tabique que separaba la zona no restaurada, en el fondo de una bolsa de plástico detrás de las latas de pintura. ¿Cómo es posible que esas cosas que son las más importantes, las cosas que tanto significaron para nosotros en su época, acaben en una bolsa de plástico en la zona no restaurada del desván? NLS. Eso significa no lo sé.

Abrió el cuaderno.

Caligrafía escolar grande y redondeada. Círculos encima de las íes. Dibujos. Recortes impresos de internet pegados con celo. Fotografías desvaídas.

Eden buscó las páginas centrales y desplegó las dos más grandes que había decorado para que pareciesen alas, como si el trabajo escolar en sí fuese un objeto alado. Me dirigió una sonrisa boquiabierta.

Lea se levantó y se desperezó.

Quiero pasar por el garaje para recoger algo, dijo. No tardaré.

No puedes volver aquí, le dije.

¿Tienes el coche, Ede?, le dijo a su hermana.

Eden le dio la llave del coche y señaló dónde lo había aparcado, calle abajo. Leí el nombre de la escuela en el cuaderno. Estaba en una ciudad que se encontraba a más de trescientos kilómetros de distancia.

Brrr, dijo Eden mientras veía correr a Lea. Hace frío hoy.

Entró en mi casa. Yo retrocedí al interior del vestíbulo.

Por favor, no entres en mi casa, le dije.

Pero si Lea estaba dentro, me dijo. ¿Le contabas una historia? Porque en tal caso yo también quiero que me cuentes una. *No te preocupes*, estoy *sana*. Estoy *perfectamente*. Podemos ir a tu biblioteca y sentarnos a kilómetros de distancia, como la última vez.

Y qué te parece si me dejas el cuaderno con tu trabajo, yo lo leo y hablamos al respecto cuando te lo devuelva, la próxima vez que nos veamos, le dije.

Puedes leerlo ahora mismo.

Ahora mismo estoy ocupada.

Lea se ha llevado el coche, dijo Eden. Tengo que esperar a que vuelva.

135

No puedes esperar aquí.

¿Y dónde quieres que espere?

Hay cafés, dije.

Hace *demasiado* frío y llueve, no puedo sentarme en la terraza de un café. Me *moriría*.

Si Lea se ha ido a casa, dije, quizá tú deberías hacer lo mismo.

Volverá. Ha dejado aquí sus cosas.

La camisa mojada, la bolsa de viaje abierta con la ropa y los objetos de informática desparramados seguían al pie de la escalera. Entretanto, Eden ya merodeaba por la sala, con el pelo mojado echado hacia atrás.

Joder, dije.

Entré tras ella y abrí la ventana, luego me senté en la fría brisa lo más lejos posible.

La letra escarlata, dijo mientras se sentaba. Suena bien.

La cogió del brazo de la butaca.

¿De qué va?, preguntó.

No la he leído. Pero sé que va de una mujer que tiene que llevar una… una letra en el pecho, creo que por tener un hijo con alguien con quien no estaba casada.

Vaya, espero que no fuese una letra muy grande, mira que tener que llevarla colgando todo el tiempo, dijo Eden.

No, no la llevaba colgada, sino cosida a la ropa. Una letra del alfabeto. La letra A, de color rojo intenso. A de adúltera, dije.

Qué romántico, dijo Eden. Como una costurera, o una camarera, o una enfermera. Una adúltera. Alguien del pasado que trabaja con adultos.

No, verás, adúltera es…

¡OMG!, dijo Eden. ¡Está firmado! ¡Por el autor!

Hum, por favor, no dobles la página.

¿Es muy valioso?, dijo Eden. Lo entiendo, ¿vale? Como esto es muy valioso para mí.

Dejó *La letra escarlata* y volvió a coger su cuaderno. Lo abrió. Empezó a leer en voz alta:

Había dos niñas que se llamaban Frannie y Elsie. Tenían diferentes apellidos porque eran primas. Un verano aburrido se aburrían y una de ellas no está claro cuál pero por las extensas lecturas que hice para este trabajo sospecho que era la mayor y más alta porque los dibujos son muy buenos y bastante maduros por lo que seguramente fue la mayor quien hizo los dibujos de las hadas y las clavó con agujas de sombrero para que pareciese que estaban de pie sobre el tronco de un árbol en la hierba tomando el sol y luego las niñas de Cottingley las fotografiaron como si realmente estuvieran allí y existieran y cuando se hicieron famosas todos las llamaron las hadas de Cottingley. Engañaron a Kodak Kodak era una gran empresa de fotografía y sabían mucho de fotografías y ni siquiera ellos se dieron cuenta de que eran falsas. Las fotos y las hadas. A un hombre que se llamaba Arthur Doyle también lo engañaron se hizo famoso por escribir sobre el héroe británico Sherlock Holmes y quería que las hadas y las cosas misteriosas fuesen reales porque en sus historias salían muchas y así más gente creería que sus historias eran reales por lo que hizo mucha publicidad de las hadas que eran preciosas y realistas con unas alas preciosas aunque fuesen falsas él dijo que el pueblo británico quería pensar en las alas de las hadas y dejar de estar atrapado en el lodazal de la guerra. Lo dijo porque esto pasó en una época en que había la primera guerra mundial en 1920 y la gente estaba preocupada porque cambiaba su visión del mundo y los campesinos estaban preocupados porque sus campos se convertían en lodazales y a veces incluso hoy en día los campesinos que cultivan tierras

en el lejano país de la UE que ahora vamos a dejar donde
se lucharon esas guerras siguen encontrando trozos de huesos
muertos donde siembran sus cosechas para

Toc, toc.

Perra, ladrido.

Eden con expresión aterrorizada.

¡Ya está bien!, le grité a la perra. ¡Basta!

La perra dejó de ladrar.

Oh, dijo Eden.

Estaba junto a la ventana y veía quién estaba en la puerta. Me miró prolongadamente con expresión afligida.

Fui a la puerta. Los ojos de Martina Inglis por encima de la mascarilla. Las arrugas que los rodeaban eran nuevas, pero al cruzarse con los míos seguían igual de desafiantes.

¿Quieres acompañarme en coche a un sitio?, me dijo.

¿Dónde?

Es un secreto, dijo.

Llevaba un par de patines de hielo colgando del cuello por los cordones anudados.

¿A patinar sobre hielo?, dije.

La pista de hielo de tu zona sigue sin estar abierta al público, pero reconocieron mi nombre de cuando ganaba medallas; el gerente tiene nuestra edad, lo llamé, mi nombre le sonaba y me hizo el favor. Una pista de hielo para nosotras solas, no sabes qué ganas tengo de enseñarte mis movimientos. Dios, Sand, es increíble verte en persona. ¿No te parece increíble? Me siento extática, me siento salvaje y libre, me siento joven de nuevo. Esto es lo más lejos de casa que he estado en un año. Así que aquí es donde vives. ¿Dónde durmió ella? ¿Cuál es la pantalla de la lámpara que el pájaro torció con las alas? Tengo muchas ganas de ver esa lámpara.

Mamá, dijo Eden. ¿Qué haces aquí?

Oh, dijo Martina Inglis. Eden.

Sí, dijo Eden. Yo.

¿Qué haces aquí?, dijo Martina Inglis, quitándose la mascarilla para guardarla en el bolsillo del abrigo.

Le estoy leyendo a Sand mi trabajo sobre las hadas de Cottingley, dijo Eden. Al menos a *ella* sí que le interesa mi vida. No me has contestado. ¿Qué haces *tú* aquí?

He venido a llevarme a patinar a mi antigua compañera de universidad, dijo Martina Inglis.

No sé patinar, le dije. ¿Por qué no te llevas a tu hija?

Martina Inglis no me hizo ni caso.

¿Quién cuida de Amelie?, le dijo a Eden.

Papá, dijo Eden. Es evidente que tú no. Aunque esta tarde te toca.

Las dejé discutiendo entre la puerta de la calle y el recibidor. Me escabullí a la sala, cogí *La letra escarlata* y la devolví a su sitio en el estante. Luego fui a la cocina y me lavé las manos. Llamé al móvil de Viola y dejé un mensaje diciendo que me haría la prueba antes de volver al hospital y que le diese recuerdos a mi padre de mi parte.

Cogí a la perra y la correa.

No esperéis a que vuelva, dije. Por favor, marchaos cuanto antes. Cerrad la ventana de la sala y aseguraos de que la puerta queda bien cerrada, ¿de acuerdo?

La perra y yo subimos a mi coche, la perra en el asiento del copiloto. Seguían discutiendo en la puerta cuando arrancamos.

Por cierto, la perra de mi padre se llamaba Shep.

Supongo que Shep es la abreviatura de Shepherd, perro pastor.

Mi padre siempre llamaba Shep a todos sus perros. Esta Shep era la quinta. Les pone ese nombre por una vieja canción *country* sobre los perros y su fidelidad. En la canción, el perro salva a su dueño de ahogarse cuando era niño. *To the rescue he came*, a su rescate fue. Luego llega el día en que el veterinario local le dice al dueño *ya no puedo hacer nada más por el perro, Jim,* y Jim tiene que disparar a Shep para sacrificarlo y que deje de sufrir. De modo que Jim coge el arma y apunta a la leal cabeza de Shep. Pero no puede apretar el gatillo. Quiere huir. Desea morir en su lugar. Finalmente Shep muere aunque no está claro cómo, y la canción nos asegura que si hay un cielo para perros allí estará Shep, viviendo una maravillosa segunda vida.

Canté lo que recordaba de la canción mientras conducía.

Eres una vieja historia con una forma nueva, le dije a la perra de mi padre cuando llegué al final de la canción.

La perra y yo nos miramos.

Shep, le dije. Sé que las alucinaciones son uno de los síntomas de este virus. Estoy enferma, ¿verdad? Alucino Pelfs. Me invento lo opuesto al aislamiento precisamente para que no me importe el aislamiento. ¿Verdad?

Shep me miró con expresión sensata y serena.

También es una alucinación que un Gobierno dirige esta nación tan *eficazmente*, con una ineptitud tan calculada, que somos uno de los países con más muertos per cápita del mundo. Eso no puede ser verdad, por supuesto. ¿Cómo no se me había ocurrido antes? No me extraña que parezca tan surrealista. Yo solo… me lo estoy inventando.

Shep contempló el salpicadero con indiferencia.

¿O era todo una alucinación precovid y esta la revelación de la verdadera realidad?, dije.

Shep bostezó.

Me contagió el bostezo y yo también bostecé.

Cuando nos acercamos a la casa de mi padre, empezó a ladrar y a saltar. Al llegar se puso loca de contento y dio vueltas en el asiento, círculos grandes como su propio cuerpo que sacudieron el coche. La dejé salir y saltó la cerca del jardín, sus caderas artríticas incluidas.

Aguardó con la cabeza apoyada en la puerta hasta que abrí. Recorrió toda la casa, buscando a mi padre de habitación en habitación. Comprobó los dos jardines. Luego volvió, se tumbó bajo la mesa de la cocina y se puso a esperar con una mirada que era pura resignación y deber, como si en eso consistiera la vida, una paciente espera hasta que la persona que aguardas vuelve a casa.

Con suerte, le dije. ¿Eh?

Le di unas palmaditas en la cabeza y le rasqué el cuello.

Siento haber sido tan antipática, dije. Cosas mías, nada que ver contigo. A partir de ahora me portaré mejor.

Le di media lata de las alubias que me había calentado. No estaba segura de que fuese una gran idea, pero no hubo que lamentar nada, al menos que yo supiera, y me pareció un acto de compañerismo. Luego nos sentamos en la habitación que más olía a mi padre y vimos juntas la tele.

Lo que vimos fue a políticos discutiendo entre sí mientras la gente se ahogaba en la estrecha franja de mar que nos separa del resto de Europa. Los políticos estaban enormes, hinchados como globos, probablemente porque querían sugerir que en comparación las personas en el agua eran insignificantes, incluso demasiado pequeñas para ser reales, de manera que la discusión dejaba de tratar sobre vidas y muertes humanas y se centraba en cuál de los políticos globo ganaría la discusión.

Grité tan fuerte al televisor que la perra de mi padre se puso a ladrar. Y lo apagué.

¿Existe el mal, Shep?, le pregunté.

Ah, sí, dijo Shep.

¿Qué aspecto tiene?

Bueno, la verdad es que tiene un aspecto de lo más normal, dijo Shep. Y todos vosotros sois capaces de hacer el mal. Vosotros, los humanos. Y también de hacer el bien.

¿Y son también capaces de esas cosas los otros seres, los que no son humanos?

Esa es una pregunta interesante, dijo Shep con una pata sobre la otra colgando del sofá, en una actitud digna a la par que relajada. La diferencia es el punto donde se encuentran el tiempo y el lenguaje. Redes de significado abstracto y real que se suman a cómo vosotros, los humanos, podéis y sostenéis conceptos y nociones sobre pasados reales y futuros imaginados en vuestro uso del lenguaje verbal, lo que os permite sopesar secuencia y consecuencia, experiencia y diferentes posibilidades, obtener un inherente estímulo filosófico y nociones de experiencia y, sí, eso significa que para vosotros existe la cuestión de la premeditación, la imaginación y la elección en lo que respecta a vuestros actos. Empecemos por el mal. Pero ¿cómo definir el mal? Hum. Pongamos como ejemplo la crueldad, definamos un aspecto de ella como la decisión o elección consciente de causar dolor a otro ser vivo, con la premeditación como meollo de esta definición. Una decisión abstracta o física de ser cruel que toma alguien capaz de elegir entre serlo o no serlo. Nosotros somos distintos. No es que carezcamos del concepto de experiencia. La entendemos y aprendemos de ella. Ni tampoco es que no tengamos nuestro propio concepto del bien y el mal, así como el legado cultural de lo que vosotros nos decís que consideráis bien o mal, al menos entre los más domesticados de nosotros que acabamos teniendo que escuchar vuestra opinión sobre tales asuntos. Es más que…

Desperté.

La cabeza dormida de Shep estaba en mi rodilla.

Mi móvil sonaba junto a la cabeza de Shep.

No era el hospital ni Viola. Número desconocido.

¿Sí?, dije.

Hola, dijo Lea, fuese real o alucinación. Soy Lea. ¿Volverás pronto? Es que Eden quiere acostar a Amelie y no sabe dónde estará mejor.

¿Amelie también está en mi casa? ¿Cuándo os marcháis?

La ha traído nuestro padre, dijo Lea. Eden estaba poniéndose nerviosa porque llevaba todo el día sin verla.

¿Por qué Eden no ha vuelto a casa, entonces?, dije. ¿También está ahí vuestro padre?

Está aquí, pero no le dejo entrar en la casa. Está fuera, en su coche. Puede dormir allí. A ver si le gusta. No entrará aquí, ni hablar.

¿Por qué?, dije.

No es su sitio, dijo Lea. En tu ausencia, yo decido quién entra y quién se queda fuera. Él fuera. ¿Dónde estás, por cierto?

Estoy en eeeh casa de mi amiga Shep, dije. Hace mucho frío esta noche. Hará frío ahí fuera, es decir, para tu padre en el coche.

Si tiene frío puede volver en coche a casa, dijo Lea.

Podría llevar a toda la familia de vuelta a casa, dije yo.

Y además el coche tiene una calefacción excelente. Es un coche grande. Lo estoy oyendo, sigue discutiendo como un loco ahí fuera.

¿Con quién?, dije.

Pregunta inteligente. Me gusta eso de ti. Pues sí, mi madre y él están en plena pelea, como siempre. Creo que la claustrofobia las vuelve más emocionantes. No hay donde meterse en tu propia casa. Ah, sí, no hemos conseguido encender el horno. ¿Funciona? ¿Y tienes tostadora para el desayuno? Hemos cenado sin ti, espero que no te moleste. Comida para llevar. Mi padre ha comido en el coche. Hemos llamado a ese sitio de curris, tenías un folleto en la alacena de tu minicocina.

Es una cocina normal, dije.

Nos ha parecido un *curry* muy bueno, menos a Eden, que como no le sabía a nada, no sé qué opinaba. Pero creo que salir nos ha sentado bien. Salir de la misma casa. Hacía siglos que no nos juntábamos en un lugar desconocido. Cambio de escenario.

Necesito que toda la familia al completo salga de mi casa, dije.

¿Cuándo vuelves? Nuestra madre quiere hablar contigo. Se ha paseado por la casa levantando cosas y dejándolas en su sitio como si fuese un lugar sagrado o algo así. Y Eden quiere hablarte sobre unas chicas horribles que la acosaron en el colegio.

Ay, pobre Eden, dije.

¿Y dónde está la llave del cobertizo? ¿Para fotografiar tus pinturas y tu proceso de trabajo para la página web?

Escúchame, le dije. Tu madre y tu padre y tu hermana y tú, también tú, todos vosotros. No encontraréis respuestas en mi casa, ni en mí. Yo no soy la historia aquí. Tú no eres la historia. ¿Me oyes? No somos la historia. En cualquier caso, una historia no es nunca una respuesta. Una historia es siempre una pregunta.

Ya, pero no puedes decir eso. No lo sabes, dijo Lea.

Sé algunas cosas. Soy mayor que tú.

¿Puedo pedirte educadamente que no me discrimines por motivos de edad?, me dijo.

Estos son tiempos frágiles, le dije. Ve al coche. Haz las paces con tu padre. Invítalo a entrar, y también a tu madre. Abre una de las botellas de vino de mí ejem minicocina. Abridlas todas, si queréis, y brindad y deseaos lo mejor. Porque, de lo contrario, un día os arrepentiréis de no haberlo hecho. Y luego, *todos vosotros. Marchaos a casa.* Por favor.

Silencio.

Luego Lea dijo:

con todos mis respetos, Sandy, es bonito por tu parte y demás, y sé que crees que eres una especie de avatar simbólico narrador de nuestra familia o lo que sea. Pero no tienes derecho a contar mi historia con ese paternalismo, por muy buenas que sean tus intenciones. Ni a cuestionar lo que pienso sobre mi trayecto o mi historia o sobre cómo debería narrar a otras personas mi ingente y sí, también tormentosa narrativa de lo que es ser yo, y creo que al decir esto estoy hablando por toda mi familia y sobre cómo se sentirían sobre cada una de sus verdades, tanto si tú designas sus verdades como historias menores o no. Excepto mi padre. La suya es una historia que no consiento porque él no ha consentido la mía.

¿Que yo creo ser un avatar?, dije.

Simbólico, dijo Lea.

Bien. Te diré qué piensa este avatar simbólico.

Ya, la cuestión es que desde que nos conocemos no has hecho más que decirnos lo que piensas, y sinceramente se está haciendo un poco pesado, dijo Lea. Y creo, si aceptas un consejo respetuoso, que tu problema quizá guarde relación con el hecho de que no sabes o todavía no has admitido quién o qué eres.

Cualquier *problema que haya aquí*, dije, se debe a que de pronto, en contra de mi voluntad y en un momento muy peligroso, me he visto metida en una especie de farsa teatral de balneario playero inglés donde no me queda otra que…

Sí, pero no puedes llamar balneario playero a uno de los lugares de Inglaterra más apartados de la costa, dijo Lea. Nunca me verías pidiendo pescado en un restaurante de aquí. Si los restaurantes volviesen a estar abiertos y sirviesen pescado, claro.

Os mando un mensaje. A todos vosotros. Largaos de mi casa de una puta vez. Ahora mismo.

Oye, lo siento si te he ofendido, Sandy. Ahora es tarde y acaban de acostar a Amelie, reconozco que ha sido infernal para Ede, Amelie se ha pasado el día refunfuñando, siempre se pone así cuando la dejan con nuestro padre, y vivimos a una buena distancia en coche, y para colmo, como ya sabrás porque lo hemos hablado, ahora mismo no tengo otro sitio adonde ir. Además, la única razón de que sigamos aquí es que llevamos toda la noche esperando a que vuelvas. Y ahora vas y dices que *no* vuelves. A ver, podrías haber avisado antes. Ha sido muy desconsiderado por tu parte.

Dios bendito, dije. Yo. Desconsiderada. Estáis todos en mi casa en contra de mi…

No, ya te he dicho que mis padres están fuera, en el coche de mi padre.

… y que estéis ahí implica que yo no *puedo* estar porque no puedo acercarme a nadie por si me contagian algo que luego podría pasarle a mi padre que está muy grave…

Ah, vale. Eso explica tu fijación con tu padre.

¡¿Mi qué?!, dije.

Hola, dijo Lea. Soy yo.

Sí, ya sé quién eres, y también sé quién soy yo, y esa acusación de fijación paterna no es más que una transferencia. Si tuvieras la menor idea de quién soy, dejando de lado las ficciones sobre mí, sabrías que lo que tengo es una fijación con mi madre. Pero eso no forma parte de esta historia.

No, soy yo, Eden, dijo la Eden real / imaginada. ¿Dónde estás? ¡Tengo tanto que contarte! Amelie está aquí. Se muere por conocerte. Quiere que le cuentes un cuento. Y también quiere entrar en tu cobertizo para jugar con tus pinturas.

Ay, Dios, dije. Lo que me faltaba.

Quizá cuando vuelvas puedas decirnos dónde está la llave. Y Rory viene de camino.

¿Quién es Rory?

Mi pareja. El padre de Amelie. Sé que también le encantará conocerte, ha estado de viaje en el extranjero por negocios de papá y ha aterrizado hace media hora, ahora vuelve en el tren de Heathrow.

Tendrá que hacer cuarentena, le dije. No le dejes entrar en mi casa.

Estará bien, NTP, Sandy. Eso significa no te preocupes. En nuestra familia nunca nos ponemos enfermos. Y todos nos conocemos, así que las precauciones están de más. Mi padre también quiere hablar contigo. No sobre ti y tu relación con mi madre ni nada de eso, no te preocupes, es por un tema de trabajo. Cree haber tenido una de sus visiones, dice que este barrio está en su pelf justo, y siempre acierta con estas cosas, tiene un sexto sentido. Quiere preguntarte al respecto.

En su pelf justo, dije.

No sé si lo sabes, dijo Eden. Además de director de la nueva fábrica de EPP y de Insectex, mi padre también es un promotor inmobiliario muy conocido.

La casa que toda tu familia acaba de invadir no me pertenece, le dije. Es de alquiler.

Sí, ya lo sabemos, nos hemos puesto en contacto con el dueño de casi toda tu calle, dijo. Pero mi padre cree que tú podrías darle una idea general, información de buena tinta, aunque a saber a qué se referirá con eso, y contarle cómo es, ya sabes, las ventajas e inconvenientes de vivir en el barrio.

El barrio.

Steve, que tiene un esqueleto tamaño natural de cuando era médico, lo guardaba en el asiento de su furgoneta hasta que los viandantes se quejaron de que asustaba a sus hijos y les provocaba pesadillas con el virus. De modo que Steve lo trasladó a su casa y ahora mira por la ventana vestido según la estación, canotier y pajarita en verano, gorro de Papá Noel y espumillón en Navidad. Los niños se congregan regularmente frente a la casa de Steve y se ríen, señalan el esqueleto y se hacen selfis delante de él.

Carlo, conductor de autobús y profesor a media jornada de escritura creativa para quienes asisten a sus cursos gratuitos durante los meses de verano en el jardín botánico.

Marie y Jaharanah, que trabajan en la asistencia social y que cada vez que las veo parecen más viejas, más y más sombrías, más y más exhaustas; las luces de su casa están encendidas día y noche, y aunque trabajan turnos interminables siguen repartiendo comida a diario en su Mini destartalado a las personas que no pueden salir de su casa; también a mí me han traído alguna que otra cesta de la compra desde lo de mi padre, a saber cómo se habrán enterado.

Madison y Ashley, la pareja más joven del barrio. Lo único que sé es que son pareja y que siempre saludan con la mano y con un simpático hola aunque todavía no nos hayamos presentado.

Entretanto, Eden ha estado hablando sobre algo traumático que le ocurrió cuando iba al colegio.

Creo que era envidia. Creo que todo el mundo me envidiaba, está diciendo.

Eso forja el carácter, dije.

Sí, ¿verdad? Sabía que tú lo entenderías.

¿Cuándo os marcháis? ¿Y cómo sabéis que mi casa es de alquiler?, dije. Eso es información personal.

Bah. Está todo en internet, dijo Eden.

Lo que me recuerda, hola, soy Lea de nuevo, dijo Lea, apoderándose otra vez del teléfono. Esa página web que me has encargado.

No te he encargado nada, le dije.

Claro que sí. Esta tarde he traído mi otro ordenador y ahora la puedo hacer sin problemas, dijo Lea. Si me dices cómo abrir el cobertizo. Ya he tomado algunas fotos del exterior y de algunos espacios de tu casa que me han parecido relevantes, como rincones, baratijas en tu mesita de noche, cosas del cuarto de baño, etc. Pero si puedes reunir fotos o pantallazos de tu obra pasada para incluirlos en una cronología y hacer tú otra cronología aparte con tu currículum, eso estaría bien, también contactos y demás, y tendrás que escribir una breve biografía, o ya la hago yo con lo que encuentre en internet.

No quiero ninguna página web, le dije. Ni te doy a ti, ni a nadie de tu familia, permiso para entrar en mi estudio, ni te doy permiso para que tomes imágenes de nada que tenga que ver con mi vida o con mi obra, ni te doy permiso para que me hagas una página web.

Ya, pero no puedes ser una artista sin una página web, dijo Lea. ¿De qué te ríes?

Colgué mientras Lea me explicaba cuánto le debía (precio de colega) por el tiempo que ya había invertido en mi web.

Di unas palmaditas en la cabeza de la perra de mi padre.

Subí a la planta de arriba y rehíce la cama de mi padre para poder dormir en ella.

¿Y si entraban en mi estudio?

NTP.

¿Y si Amelie jugaba con las pinturas?

Yo también querría jugar, si fuese ella.

¿Y si algo o alguien echaba a perder un cuadro en el que llevaba un año trabajando?

Por ahora el poema no iba a irse a ningún lado.

Siempre habría más pintura.

Podía volver a empezar.

Imagina algo mejor.

Y Martina Inglis apareció en mi cabeza, su viejo yo y su joven yo patinando en el hielo como un riesgo tanto físico como sanitario, vestida de blanco, cuchillas en lugar de pies, virutas de hielo que salen disparadas con cada giro, los brazos en alto como el cuello de un cisne. A ambos lados, enmarcándola: Eden Pelf sentada en la fría superficie, colocándose en la lengua, vacilante, para probar a qué sabe, una diminuta esquirla de hielo que los giros de su madre han enviado en su dirección; Lea Pelf de piernas cruzadas, entusiasta, contemplando los giros de su madre pero secretamente en otra parte, toda su concentración en el fulgor del hielo y en su propia mano presionándolo como si comprobara con determinación, con verdadera decisión, cuánto puede aguantar esa frialdad uniforme, indiferente a la calidez,

pero ¿qué sabía yo?

En realidad yo no sabía nada, de nada ni de nadie.

Me lo iba inventando sobre la marcha, como hacemos todos.

Vivo vs. muerto:

la mañana siguiente llamé al número de Martina Inglis.

¡Hola!, dijo. Qué bueno saber de ti. ¿Cómo estás? ¿Cómo está tu padre, querida?

Podría estar peor, dije. ¿Cuándo piensa tu familia irse de mi casa?

Aquí también podríamos estar peor. Nos mantenemos tan lejos de Rory como nos es posible. Bueno, al menos yo, pero no es fácil con un solo cuarto de baño.

Siempre podéis volver a vuestras preciosas y enormes casas, le dije.

Lo último que quiero es tener covid en todas mis superficies, me dijo.

Sois una panda de capullos, estúpidos y egoístas. Esas superficies de las que hablas son las mías.

Deja de patalear, Sand. Estás sana y salva en otra parte.

Soy excepcionalmente afortunada de poder permitirme ese lujo, le dije.

Ojalá estuviera ahí.

Gracias a Dios que no estás. ¿Adónde coño iría yo entonces?

Ja, ja, dijo Martina Inglis. Un momento, Eden quiere hablar contigo.

Hola, soy Eden. Rory está bien. Dice que nunca se había sentido tan mal en su vida. Pero es solo el *jet lag*.

Oí a un niño tosiendo al fondo.

¿Es esa Amelie?, pregunté.

Los niños no lo pillan, dijo Eden.

¿Y tú cómo estás?

Me duele un poco la garganta, pero aparte de eso estoy bien.

¿Y Lea?

En tu cama, TEC. Es trabajando en casa, ¿recuerdas? Ese ya lo habíamos hecho.

TE*M*C, dije.

¿Qué?

Trabajando en *mi* casa, dije. ¿Cuándo os vais?

Pero su madre había vuelto a coger el teléfono y estaba hablando.

Por cierto, Sand, me moría por contarte que he encontrado lo más bonito que escribió el poeta escocés Robert Burns, y resulta que iba sobre zarapitos. No lo tengo aquí. Pero, parafraseando un poco, escribe una carta para encandilar a una mujer casada y le dice que oír un zarapito en las mañanas de verano siempre le recuerda que tiene alma porque su alma se eleva al oírlo, y luego dice: ¿qué somos nosotros, mera maquinaria que no encuentra sentido en lo que oímos? ¿U oírlo y sentir que algo se eleva en nuestro interior implica, al contrario, que somos algo más que —y esto es literalmente lo que dice— un terrón pisoteado? ¿No es brillante? Menuda vida, amiga. Somos mucho más que tierra pisoteada, ya te digo.

Ya me dices. Sí, es muy bonito eso que has encontrado.

La próxima vez que te vea se me habrá ocurrido algo adecuado para darte las gracias. Te llevaré al museo y haremos una visita VIP, haré que nos enseñen la cerradura Boothby. Ya verás, es como una versión en hierro del rey Midas si hubiese tocado un muro cubierto de hiedra y después alguien hubiese extraído un trozo para conservar su elegancia eternamente. Y luego, no te libras, Sand. Te llevaré a patinar.

Claro. Haremos todo eso. Un día, le dije. Cuando os marchéis de mi casa. Cuando esta pandemia haya terminado. Sea cual sea lo que lleve más tiempo.

Estupendo, dijo ella. Me muero de ganas.

CUBREFUEGO

Hola *hello hallo.*

Es comparativamente una palabra reciente. Pero como todo en el lenguaje, tiene raíces profundas.

En todas sus formas, dice el diccionario, es una variante de una palabra del francés medio, *hola*, una combinación de ho y la, un poco como un *oye*. También podía relacionarse con el antiguo grito de caza inglés, *halloo!*, que se pronuncia con euforia al avistar la presa e iniciar la persecución. O quizá se relacione con el sonido de la palabra *howl*, aullido. Y así la utiliza Shakespeare en *Noche de Reyes* como una prueba de amor, cuando uno de los personajes dice a otro que para probar su amor *hallo your name to the reverberate hills* —gritaría su nombre a las reverberantes colinas— hasta que solo quedase en el aire o en el mundo el nombre de la amada.

O quizá provenga de la palabra del inglés antiguo *haelan*, que es un verbo muy versátil que puede significar sanar, salvar y saludar, todo a la vez. O de otra palabra del inglés antiguo, *hale*, que significa sano y salvo.

También puede ser la palabra del alto alemán antiguo que habrías gritado si estuvieras a orillas de un río y necesitaras llamar la atención de quien guía la embarcación. Una forma de esta palabra aparece en *La balada del viejo marinero* de Samuel Taylor Coleridge, un poema sobre el terrible acto y las fatídicas consecuencias de matar un pájaro, el destino del marinero que lo mata y la fatal suerte de sus compañeros. Primero el pájaro se acerca alegremente al oír sus saludos —*hollo!*— y trae con él buen tiempo para la navegación. Después el marinero lo mata. A partir de entonces, una inercia mortal se apodera del poema. Por mucho *hollo!* que griten, ningún pájaro se les acercará.

En cualquiera de sus formas, hola significa todas esas cosas. Lo decimos cuando nos encontramos con alguien, es un gesto ritual de saludo amigable e informal tanto si se dirige a un conocido como a una persona que nunca hemos visto antes.

También lo usamos cuando algo o alguien nos sorprende o nos pilla desprevenidos, como en hola, ¿quién es? / ¿qué pasa?

Puede ser una educada demanda de atención; imaginad que entráis en un comercio y la persona a cargo está en la trastienda: entonces gritáis esa palabra. También puede sugerir que quizá no haya nadie ahí para escucharnos. Por ejemplo, os habéis caído al fondo de un pozo y alzáis la vista con impotencia al circulito de luz que es el resto del mundo para gritar esa palabra con desesperación, esperando que alguien la oiga.

O respondemos a una llamada telefónica con esa palabra y nadie responde, o no hay nadie al otro lado de la línea. Y entonces repetimos la palabra al silencio, cada vez con mayor insistencia:

¿hola?

¿hola?

¿Hay alguien ahí?

¿Hay alguien que puede oírme pero no responde, a saber por qué?

¿Puedes ayudarme?

Vaya, eso me ha interesado.

¿Qué pasa?

¿Qué quieres?

Sí, estoy aquí.

¿Puedes llevarme a la otra orilla en tu barca?

¿Queda mucho para llegar a tierra?

Por favor ponte bien.

Por favor, no te rompas.

Por favor, mejórate, cuídate.

Te quiero y voy a empapelar el universo con tu nombre y con mi amor.

Te sigo la pista y voy a por ti.

Eh, hola.

Me alegro de volver a verte.

Me alegro de conocerte.

Cada hola, como cada voz —en todas las lenguas posibles, y la voz humana es lo de menos—, tiene su propia historia preparada, esperando.

Esa es toda la historia que hay.

Y alrededor de cada historia que se cuenta hay un color verde oscuro cubierto por la mugre y el polvo acumulados a lo largo de las estaciones sobre una puerta en un muro, tanto la puerta como el muro invisibles bajo la inmensa maraña de hiedra que mece su follaje en la coreografía de la brisa, iluminada aquí y allá por el verde más claro de las hojas recientes, una forma ya tan perfecta en las hojas más nuevas y diminutas que resulta corriente y alucinante a un tiempo, y luego están los dientecitos de la planta como raíces que salen de los zarcillos y buscan y se agarran a cualquier superficie que tocan, tenaces, firmes, esforzándose por transformarse más en raíz que en zarcillo, toda la planta alimentada por una raíz primaria tan profunda y resistente que aunque alguien o algo intente cortarla o desenterrarla volverá a salir, desplegando sus hojas una a una.

Había tres en la puerta cuando tañía a queda y se cubrían los fuegos. La abrieron de golpe. A las buenas noches, dijo uno. Cógele las piernas, dijo el otro. Me encargaré de los perros si gruñen, dijo el tercero.

Y luego lo hicieron.

Si ella no hubiese sido buena en su oficio, no lo habrían hecho. Se lo hicieron porque ella sabe mucho más que hacer cuchillos.

La chiquilla está en la zanja donde la han tirado. Ahora que ha amanecido puede ver que está en una zanja.

Clavos y luego cuchillos, eso es lo primero y más sencillo, las puntas y los filos. Los clavos son lo más fácil y habitual, hacerlos nunca es desperdiciar el tiempo y siempre son de utilidad, primero se calienta la varilla y se golpean los lados del extremo ablandado mientras se le da la vuelta, manteniendo el ritmo hasta que el extremo se convierte en una punta. Para los ricos, la cabeza del clavo se decora con forma de bellota, espiral, sol, luna, concha, fruta. Para los demás, un clavo es un clavo.

Para un cuchillo, si es un cuchillo todo de metal, debe cogerse una pieza de acero y hierro de la longitud de un antebrazo. Marcarla en el centro. Una mitad será la hoja, la otra será el mango. Empezar con el mango, calentar el extremo, golpear los lados y aplanarlo hasta que sea tan largo como el pico de un pájaro de pico largo, dejando los bordes sin filo para que no hiera ni importune la mano de quien lo sostenga. Darle forma en punta. Curvar el extremo puntiagudo con golpes suaves y luego cerrarlo, doblar todo el mango en una suave V y después en una U. Para la hoja, cortar el metal en sesgo. Fragua. Aplanar y alisar. Fragua. De vuelta al mango. Cerrarlo. Fragua. Afilar. Trabajar la hoja hasta que resplandezca. Sumergir el cuchillo en calor blanco varias horas, para endurecerlo. Aplicar aceite. Calentar una piedra para templar el lomo. Afilar y limpiar.

Su cabeza está llena de clavos y cuchillos y el fuego que se requiere para crearlos, de un rojo intenso, el color de la sangre.

Llama naranja para forjar. Llama blanca para soldar, cuando una cosa se une a otra.

Peores cosas pasan.

Peores cosas pasan.

Ella los dejó entrar. Le habían dado un puñetazo en el estómago y habían hecho ademán de golpearle en la cabeza con su martillo, aunque al final fueron decentes y se refrenaron. En lugar de eso, uno la inmovilizó encima del yunque, otro la forzó y el tercero miró, el testigo.

Podrían haberla forzado los tres, pero no lo hicieron. Porque poseerla no era lo que importaba y ellos querían que lo supiera.

Ella lo sabe.

Los conoce a todos. Todo el mundo los conoce. Todos sabrán lo que ha pasado.

Primero mataron a los perros porque gruñían. Mientras lo hacían, ella pensó en clavos y cuchillos. Los cuchillos dan más que pensar, así que pensó en cuchillos casi todo el tiempo. Cuando terminaron, se hizo la muerta como los perros y la metieron en un saco y la tiraron, ahora sabe que la dejaron en el páramo, la arpillera es su sábana en esta zanja. A saber dónde habían tirado a los perros.

Ha sido aprendiza durante cinco años. Le faltan dos años más. Ahora esos dos años no ocurrirán. Es la ley. Que fornicar fuese o no voluntad suya le era indiferente a la ley, y por esa razón la habían forzado. Ya no pertenecía al gremio.

Fue tras el toque de queda. Estaba cubriendo el fuego, como dicta la ley, cuando ellos entraron.

Tiene trece años.

Piensa en morirse.

¿Por qué no? Esta zanja es tan buena como una sepultura. Tiene unos costados sólidos y altos que suben hasta el cielo que ve. Es un lecho frío, pero bastante blando. Se echará tierra encima para taparse.

La tierra en el pelo y la boca es más amable que.

Podría quedarse allí tendida hasta convertirse en lo que la intemperie haga de ella de un modo u otro, más temprano que tarde, tanto si muere ahora como después. La intemperie la limpiará bien y los animales hambrientos también, no habrá desperdicio.

El cielo y la tierra y la lluvia y los dientes de los animales son más amables que.

¿La filigrana para la puerta de la iglesia? Ahora nunca la terminará. Las puertas de las iglesias tienen que cerrarse para mantener a la gente tanto dentro como fuera, decía Ann Shaklock. A las iglesias les gusta presumir de enclaustramiento. Aunque a la iglesia no le gustaba Ann, encargaron el trabajo a la herrería Shaklock. Luego Ann murió, demasiado joven, dijo la gente; se le pudrió el pulmón porque el metal se le metió dentro y los otros solo tardaron una semana en querer la herrería y querer echarla a ella, ¿cómo iban a dejársela a una chiquilla? Aunque todos en el lugar sepan lo bien que se le dan los caballos. Tanto, que llegaban a la herrería Shaklock clientes de otros pueblos con forja propia para que su aprendiza se encargara tanto de herrar como de la salud de los animales. Y si un caballo era difícil o particular, se lo traían a ella, aunque estuviese a leguas de distancia.

¿Ahora que estoy tirada en esta zanja todavía se me dan bien los caballos?

Me quedaré echada aquí hasta reunirme con Ann Shaklock.

Me taparé la boca y la nariz con musgo y tragaré musgo hasta dejar de respirar lo bastante para irme con ella.

Cuando levanta el brazo en la zanja para ver si hay musgo en la superficie intuye la presencia del gavilán, el instante frío que atraviesa la débil calidez cuando el ave pasa entre ella y el sol. Alza la vista y lo ve planear, luego descender, luego volver a elevarse en ángulo con algo entre las garras.

Se incorpora y sale de la zanja para buscar musgo.

Comprueba debajo de su ropa.

Ya no sangra. Pero le duele todo. Le duele mover una pierna, respirar incorporada.

Luego olvida el dolor cuando oye piar, algo pequeño, allí, entre la hierba más alta.

En un hueco entre la hierba encuentra una cría de pájaro, similar a un patito. Pero es desgarbado, tiene un pico puntiagudo más largo de lo habitual, se cae porque la cabeza le pesa demasiado para el cuerpo y, aunque grandes, todavía no ha aprendido a controlar sus pies.

Sabe que no debe tocarlo.

Se aparta y aguarda en la hierba a una distancia adecuada.

Pero pasa toda la mañana y ningún adulto vuelve a cuidarlo.

Entonces somos iguales, pájaro.

Pastel de ave en la plaza del mercado. Esa es tu madre. O los zorros. Algunos cachorros de zorro habrán comido bien. ¿Se ha llevado el gavilán a tu hermana o tu hermano? Ha atrapado algo. Y te ha visto. Volverá a por ti.

Es un polluelo diminuto. La observa con un ojo negro luminoso, brillante, un ojo feliz que no conoce el miedo. Sonríe, aunque no sabe que lo hace. Su cabeza es una capucha de plumón oscuro y su cuerpo aterciopelado es tan pequeño que los pies son más anchos que el resto.

Deja de hacer el ruidito similar a un chup-chup cuando ella se sienta a su lado. Es tan chiquito que podría taparlo con una mano, si por ejemplo aparece un zorro, o un milano, o si regresa el gavilán.

Lo mismo puedo tumbarme junto a este hueco que yacer en una zanja.

No tengo que unirme a Ann Shaklock justo ahora.

Puedo hacer esta pequeña guardia primero.

Se queda dormida al sol.

Cuando abre los ojos, el pájaro duerme acurrucado en su axila.

Eres un bribón, pájaro, le dice al pájaro dormido. ¿Tienes algún oficio? ¿Tienes tierras que te pertenezcan? Ahora soy más rica que tú. Antes no tenía nada. Ahora te tengo a ti.

Comprueba si hay huevos en el nido. No quedan más. Esa especie de pájaro pone huevos grandes que se pagan a muy buen precio, y si es la clase de ave que ella cree que es, haber encontrado semejante ejemplar, tanto en forma de huevo como fuera del cascarón, supone un buen dinero. Su carne, como todos saben, es pura y limpia porque esta ave solo se alimenta de aire. También se sabe que es un pájaro que aparece como regalo de Dios para acompañar a los peregrinos y existe, según se cuenta, para soldar el cielo a la tierra. Corren muchas historias sobre él, si es lo que cree que es. Cuentan las historias que a este pájaro le gustan los libros, que si a un santo se le caen los libros sagrados al agua y quiere recuperarlos, él se los llevará en el pico, y que si un santo se queda sin palabras que decir a la gente, entonces este pájaro será el mensajero que le traiga libros llenos de aquello que Dios quiere que diga. Podría haberme dado la vuelta dormida, sin saber lo que hacía, y aplastarlo.

Aunque creía que ya le dolía todo, esta idea le provoca un dolor diferente en el pecho.

El pájaro se despierta.

Se sienta junto a su cara con el pico abierto.

Que comen aire es mentira. El pájaro quiere comer y quiere algo más que aire.

No soy un pájaro, le dice ella. No puedo alimentarte.

¿Qué comen?

Se levanta. El pájaro también. Cae hacia delante y se da con la barbilla en los pies.

Ella escarba en la tierra bajo el seto. Desentierra un gusano rojo. Se lo ofrece al pájaro.

El pájaro espera. ¡Luego lo coge!

Ella se pone a buscar otro.

Yo también necesitaré comer.

Podría comerme al pájaro. Podría venderlo a cambio de comida.

Se levanta de nuevo. El pájaro revolotea a sus pies. La chiquilla contempla el páramo. Ve el humo de las casas a lo lejos. Da la espalda al humo y echa a andar.

Pero el pájaro que ha dejado atrás empieza a piar como si un ladrón le estuviera robando la bolsa. Ella se oye reír.

Vuelve al hueco, recoge al pájaro y se lo mete en el bolsillo del delantal.

Su mano, al salir del bolsillo, huele a metal.

Esa noche volverá sigilosamente, trepará por el árbol que da sombra y entrará por ese sitio del tejado que le mostró Ann Shaklock, que nadie conoce y que se abre fácilmente. Cogerá sus cosas, las guardará en el bolsillo del delantal y luego pondrá el pajarito encima.

Con sus herramientas, puede ejercer su oficio si los sitios que visite o la gente que pueda darle comida necesitan que les haga algún trabajo.

*

En las semanas siguientes descubrirá que el pájaro come todo tipo de bayas. Come las criaturas blandas que ella saca de las conchas adheridas a las rocas de la orilla. Come toda clase de animalillos. Le gustan los gusanos. Comerá hierba si es necesario, y mugre, y arena. Le gustan los escarabajos, las moscas de alas grandes y las mosquitas que pican. Los pececitos, si ella se los puede pescar, le encantan.

Pronto el propio pájaro atrapará a todos estos animales con la punta del pico, podrá sacarlos de sus conchas, desmembrará al cangrejo y se comerá al menos sus patas.

Un día el pájaro le trae un pez muy pequeño y lo deja a sus pies.

La primera vez que se encuentra con otra ave de su especie, el pájaro desaparece.

Cree que no volverá a verlo.

Pero el pájaro regresa, sale corriendo de entre sus congéneres con las rodillas dobladas hacia atrás sobre unas patas tan finas que la menor brisa parece que pueda romperlas, y un pico que parece que Dios siguió dibujando con el lápiz para ver hasta dónde podía llegar.

Mientras está con los suyos, el pájaro aprende a tragar comida, sobre todo porque la punta de su pico se va alejando cada vez más de allí donde tiene la boca. Aprende a buscar, a encontrar y a comer seres invisibles en la arena, en la hierba, en el barro, en el agua. Aprende a hablar el lenguaje de los pájaros con su familia, y a volar solo y también con ellos.

La chiquilla debería perseguirlo y portarse mal con él para que el pájaro viviese la vida que le corresponde. Debería decirle que se hiciera salvaje.

Pero el pájaro se acurrucará en el hueco de su axila hasta crecer demasiado y luego en su bolsillo hasta que el pico sea demasiado largo. Y después, ya con el tamaño de un gato aunque afortunadamente no tan pesado como sería un gato si lo tuviese siempre en la nuca, se posará en su hombro debajo del pelo y, entre los mechones, como si fueran las cortinas de seda de una casa acomodada, asomará el pico, su caña de pescar, su tridente, la herramienta de su oficio, fino como una varilla de hierro curva y puntiaguda meticulosamente forjada, y quizá igual de fuerte.

Sin embargo, cuando ella lo sostiene en brazos palpa unos huesos tan finos que el dolor que le produce no se parece a ningún otro dolor que pueda sentir en el pecho. Es el dolor de pensar que algo malo pueda ocurrirle a otro ser vivo. Es el dolor sentido o pensado en el cuerpo de otro por la persona que no siente ese mismo dolor, pero que sí siente eso que es dolor y no lo es.

Ahora el plumaje del pájaro es precioso. Cada una de las plumas más largas de las alas tiene lo que parece el dibujo de las ramas de un pino o de las plumas de una flecha. En la cabeza, como si sostuviera los ojos, hay una tenue marca, un > como dibujado a tinta y luego difuminado. Es fascinante.

Los congéneres del pájaro desconfiarán de ella.

Se alejarán de ella.

Pero acabarán aprendiendo que ella no va a hacerles daño, que apenas se mueve y que cuando lo hace es despacio, nunca una amenaza para ellos.

Acabarán por ignorarla.

Que la ignoren la llena de orgullo porque son pájaros inteligentes que saben lo que los amenaza igual que saben de mareas, saben cuándo el agua sube y cuándo baja y qué les conviene al respecto. Tienen un gran conocimiento de las marismas.

Pero su confianza hay que ganársela a pulso. Son sabios con la gente.

Como ella también lo es ahora.

Cuando alzan el vuelo, dondequiera que vayan, forman una V todos juntos en el cielo.

Su pájaro observará el vuelo de los de su especie, los escuchará cuando trinen sus palabras.

Se dice que el habla de estas aves es una llamada de todas las almas del cielo que esperan nacer, que gritan su deseo de vivir. Parecen palabras humanas. Fui. Fui. Fui. Ahí. Ahí. Para mí. No están diciendo esas cosas. No son palabras humanas. Así que tampoco pueden dejar de tener significado, como les ocurre a las palabras humanas. Un trabajo descuidado puede hacer que la vida contenida en las palabras humanas se moldee y forje en formas mal hechas, contrarias a la vida que hay en ellas. Cualquier cosa mal hecha, malintencionada o mal regalada, ella lo sabe por su aprendizaje, traerá el deshonor común y una profunda vergüenza.

Como ella lo sabe, y como también sabe del pájaro y sus costumbres, conoce por tanto otra vida cotidiana, una vida en la que no ha tenido que morir en una zanja. Esta otra vida discurre paralelamente a lo que la gente cree que es la vida. Tiene sus propios métodos, como los zarcillos de una hiedra se forman y crecen y se superponen y se ocultan unos sobre otros para protegerse.

Conoce. Zarcillos.

Escribe estas palabras en la arena con un palo, porque puede escribir letras y contar números además del oficio que ha aprendido. Todo gracias a una esquirla de luz. Jack Shaklock, el marido de Ann Shaklock, tenía a un muchacho trabajando con él en la forja cuando una chispa de la fragua voló al ojo del muchacho y este, en lugar de golpear la barra, golpeó con el martillo la mano derecha de Jack Shaklock y la rompió de forma irreparable.

Ann Shaklock se hizo cargo de la forja.

Los hombres del lugar se enojaron. Pero Ann Shaklock ya lo sabía todo, era muy buena en el oficio, su padre había sido herrero y ella su aprendiza, había trabajado en la herrería durante los años de la plaga cuando no podía ir a la escuela y se había casado con el herrero Jack Shaklock con el propósito de conservar la herrería de su padre.

Un día la chiquilla estaba en la calle con la esperanza de que alguien le diese comida, pero sin pedirla en voz alta porque si pedías comida y nadie podía responder por ti te encarcelaban, te marcaban con un hierro candente y te enviaban al otro lado del mar a cultivar tabaco.

Un hombre la vio.

Le pidió que le sujetara el caballo mientras Ann Shaklock lo herraba. Le prometió una moneda a cambio.

Este hombre tenía miedo de su propio caballo.

Eso se debía a que era un caballo complicado, todos lo sabían. Y todos los que tenían dinero apostaron que el caballo cocearía a la niña hasta el más allá.

El hombre la condujo hasta el caballo y ella, que entonces era pequeña, más baja que las patas del caballo, se detuvo junto al bello animal y levantó las manos tan alto como podía. Tocó allá donde el pecho del caballo se encontraba con la parte inferior del torso.

El caballo no reaccionó.

Luego se subió al escalón de montar y le tocó el hombro. El caballo se volvió y le empujó la cabeza con el morro, pero suavemente, y le echó su aliento a hierba en el pelo. El aliento era dulce, y la boca y los ollares eran suaves.

La chiquilla bajó del escalón y se dirigió a la grupa, y la multitud del mercado se apartó de los cuartos traseros cuando ella se acercó, porque esperaban que el caballo corcoveara y coceara.

La niña levantó el brazo y le dio unas palmaditas en el flanco.

El caballo la acompañó todo el camino hasta la herrería, siguiéndola como un corderito. Ann Shaklock lo herró sin percances mientras la niña hablaba al animal y este escuchaba con la oreja orientada hacia ella.

Entre la multitud, que los había seguido a distancia, muchos se sentían estafados. Los que habían apostado que la niña resultaría herida querían su dinero de vuelta. Los que no habían apostado dinero también querían que se lo devolvieran.

Aquel ruido no molestó al caballo.

Cuando la multitud se dispersó, el caballo y su dueño también se fueron, el caballo corcoveando y coceando porque no le gustaba el hombre que montaba en sulomo. A la niña no le habían dado nada. La promesa de la moneda era mentira. Entonces Ann Shaklock, fumando su pipa en el portal, la llamó y le dijo que tenía trabajo para ella. La niña pensó que quizá quería que cuidase del recién nacido, pero lo primero que hizo Ann fue llevarla al corazón de la herrería, entregarle el atizador y las tenazas y plantarla muy cerca del calor.

¿Sabes qué es la escoria?, le dijo. ¿No? Está dentro de la fragua, es más ligera que el carbón y se le pega debajo, entorpeciendo el fuego y lo que tú quieres que haga. Un fuego odia su escoria. La escoria odia su fuego. Bien. Vamos a ver si consigues encontrar el odio ahí dentro y sacarlo para que podamos librarnos de él.

La niña atizó el fuego, buscó en sus profundidades lo que podía ser escoria y pescó los trozos grandes y luego los pequeños para sangrar la fragua.

Eso está bien, dijo Ann Shaklock. Esas herramientas que te he dado son tuyas ahora. Son tus nuevas manos.

Ann Shaklock era fuerte como el árbol que había junto a la herrería y a veces hasta parecía igual de alta. Era hermosa, con el pelo recogido atrás y colgando por delante en mechones pegados a la frente, y tenía la piel dura y curtida en los brazos, las manos y la cara.

Convirtió a la niña en su aprendiza.

Fue a ver al alguacil y firmó el papel.

¿Qué le pasó a tu padre?, le dijo Ann Shaklock. ¿Y a tu madre?

La niña le contó que primero habían enfermado y luego los dos habían muerto juntos en la cama.

¿Tú también enfermaste?

Enfermé, pero no estoy muerta, dijo la niña.

Es cierto, dijo Ann Shaklock. ¡No lo estás!

Ann Shaklock le dio un lápiz, un cuchillo y una fina tabla de madera para que empezara a aprender.

Las letras y los números preceden al martillo, o te estropearás las manos y nunca serás capaz de hacerlo bien, le dijo.

Y luego: ¿cómo sabes tanto de números? Debes de ser una erudita o una entendida en música, por lo bien que los conoces. ¿Quién te ha enseñado?

No lo sé.

Había música en los números, le dijo Ann Shaklock. Podías abrirlos y la música estaba escondida en su interior, al igual que había música donde y como y cuando el martillo golpeaba el objeto que se estaba creando, y cuando golpeaba el yunque mientras se daba la vuelta al objeto. Había martillos y yunques en las profundidades de los oídos humanos, dijo, porque la herrería es una suerte de escucha, y le habló de Pitágoras, que fue el primero en advertir que un martillo pesado tenía un sonido y otro martillo más ligero sonaba de forma distinta, y que quizá toda la música estaba relacionada con la ligereza y el peso.

La gente nos quiere lejos de sus casas por nuestra música, dijo Ann Shaklock, y porque nos temen, pues trabajamos con fuego y con la transformación de las sustancias que forman las cosas. Nos aman por nuestra magia, y luego, cuando olvidan su sentido común, creen que hacemos magia negra y se asustan, y se enfadan. Sin embargo, cuando mi padre tocaba el instrumento que era su yunque, de tan bueno que era hasta querías bailar. Yo no poseo ese don, pero puedo oírlo en tu interior. Te enseñaré como él me enseñó a mí. Quizá la gente deje de quejarse. Quizá deje de importarle que sus casas se estremezcan y que el aire se llene de nuestro sonido. Pero ten cuidado. Se enfadan por cualquier cosa, por todo. Nos creen con poderes que en realidad no tenemos. Como nos necesitan para crear y arreglar las cosas, esa misma necesidad también los enfurece. Y ve con cuidado por partida doble, siendo quien eres. Siempre están gritando que fue una mujer quien hizo los clavos de la crucifixión ante la negativa de su esposo, el herrero. Como si una historia probara que somos creaciones temibles, tan malvadas que pueden quemarnos en nuestra propia fragua si les place. Ten cuidado con lo que hagas. La belleza puede enojar tanto como complacer. Ten cuidado y limítate a hacer cosas corrientes. A menos que alguien te pague bien por hacer algo distinto.

Todos los años Ann Shaklock rehacía sus propias prendas para adaptarlas al crecimiento de la niña, y había un delantal nuevo en cada estación.

Tienes que ser libre en tus movimientos o te harás daño. Tienes que ser rápida. El cuero te hace sudar. El lino es mejor para el movimiento, pero es costoso.

Ann Shaklock le enseñó a leer el fuego, a hacerlo más profundo y a reducirlo, a adecuarlo a lo que estuviese haciendo, a atenuar y ampliar su fulgor, a cuándo debía devolver al fuego lo que estaba haciendo y cuándo estaba listo para retirarlo, a aumentar o disminuir la temperatura con el fuelle. A trabajar el fuelle con el pedal para que la criatura del capazo que colgaba en el otro lado de la estancia, lejos del calor y del humo, se meciese hasta dormirse gracias a las cuerdas que Ann Shaklock había colgado a lo largo del techo como si fueran jarcias, o para mecerla hasta que dejara de llorar sin tener que interrumpir el trabajo.

Cosas peores pasan, le dijo Ann Shaklock cuando se quemó. Repítelo conmigo, repítelo. Mantén la quemadura en agua, mantenla ahí, ve echándole agua, eso es mejor aún, vierte agua en una mala quemadura, vierte agua sin parar. Dilo despacio mientras la envuelves en agua o viertes agua cien veces: cosas peores pasan.

Le enseñó a fundir la mena para sacarle arena al hierro. El olor acre era el hierro, el olor más dulce el acero. El mejor acero venía de Flandes, y el hierro venía del bosque de Dean. Le enseñó el golpe persuasivo que se requería para los ornamentos y el duro para el corte limpio. Le enseñó a encender el fuego al amanecer y a apagarlo con el toque de queda.

Un día las autoridades iban a marcar a un vagabundo en el mercado. Acudieron a Ann Shaklock para que hiciese el nuevo hierro de marcar. Ann Shaklock le dijo a la niña que se ocupase ella. La vio fijar el mango de madera a la barra y le enseñó a preparar y formar el relieve de la letra, así como a dejar los bordes lo más limpios posible. Así le dolerá menos después y la cicatrización será más limpia para ese desgraciado, le dijo; y ojalá la deshonra que le han infligido sane tan limpiamente.

Mientras la chiquilla trabajaba, Ann Shaklock le contó la historia de cómo nació la letra que estaba haciendo. Empezó como pájaro. Un escriba egipcio dibujó un pájaro, su cabeza, sus alas, su cuerpo, sus pies, como se ve un pájaro de perfil. Luego esa forma se estilizó, se convirtió en un círculo con una línea recta hacia abajo. Luego cambió a una letra más parecida a la Y, con un cuerpo debajo y los brazos alzados al cielo. Después se purificó más aún y ya no necesitó el cuerpo, solo los brazos suplicantes.

Que dos cosas divididas se unirán y se convertirán en una.

Que todas las cosas cerradas se abrirán al cielo.

Eso, dijo Ann Shaklock mientras sumergía el hierro de marcar en el aceite para acabarlo, es lo que significa la letra V, y este hierro, a quienquiera que marque, lo señalará como diferente de los demás, como nómada, como vagabundo, como persona más libre en esta vida de lo que somos la mayoría, y aunque pagan un gran precio por su libertad, Dios los ayude, andan libres por todos nosotros, los que no podemos.

Ann Shaklock conocía las palabras de los otros países. *Couvre-feu*, cubrefuego en francés, se había transformado en el *curfew* inglés; *cur* como abreviatura de cubrir y *few* por fuego. Llamaban así al toque de queda que indicaba que debían apagarse los fuegos de todas las casas para que reinaran la quietud y la oscuridad. Lo sabía porque las monjas le habían enseñado; su padre la había enviado al convento cuando no trabajaba en la herrería porque no tenía hijos varones y la consideraba inteligente, por lo que estuvo escolarizada hasta los catorce años. Luego volvió a trabajar con su padre hasta que él murió, los brazos y la cara se le volvieron de un negro azulado por la sangre y los cardenales. Se puso tan negro como el hierro en la fragua, dijo Ann Shaklock. Era la peste que lo templaba.

Ann Shaklock fumaba todo el día en pipa para ahuyentar la peste.

*

Le contó a la niña historias sobre san Eloy y su inteligencia con los caballos, su habilidad para estirar los metales todo lo posible. De eso comemos, le dijo Ann Shaklock, y a ti ya se te dan bien las dos cosas, los caballos y los metales. Cuidamos las patas de los caballos y hacemos que el metal en bruto brille como un metal precioso. Los cascos de los caballos son preciosos y lo bruto puede brillar, ¿me oyes? A lo que es inflexible, envíale calor. Es posible conseguir que la naturaleza mezquina acabe siendo generosa. A los fieros tierra, aire, agua, fuego, a los cuatro, se les puede persuadir para que trabajen con nosotros, como hacen los caballos, si respetamos sus poderes y aprendemos a hablar su lengua.

Cuando la muchacha era más joven y se acostaba en la cama de los perros, Ann Shaklock se sentaba en el suelo a su lado y le contaba historias de Vulcano, el dios de todas las forjas. Le contó que el dios creó una joven con tierra, barro y calor, y que esa joven abrió la caja que guardaba todos los males del mundo, que salieron volando como un enjambre de avispones sale de su panal destrozado. Después pareció que la caja se había quedado vacía pero no era así, porque abajo del todo, entre los posos de maldad, aún quedaban las bondades del mundo.

Esa caja no tenía una cerradura lo bastante buena, dijo la niña, meneando la cabeza.

Ann Shaklock se rio cuando la niña dijo eso y también Jack Shaklock, que estaba acostado en el otro extremo de la casa. La risa despertó a la criaturita en la cuna y a los perros, un perro brincó en el aire y el otro bajó de la cama de un salto y se quedó desconcertado en el centro de la estancia.

Esa era una historia.

Había otra sobre la madre de Vulcano, que se llamaba Juno, y aunque el mes de junio es moderado, la diosa no lo era y odiaba al pequeño Vulcano; tendría sus razones y no sé cuáles eran pero lo aborrecía, tanto que lo tiró desde la cima de su montaña. La montaña era tan alta que Vulcano estuvo cayendo tres meses, increíble que no muriera de hambre; debió de agarrarse a la hierba durante la caída, y cuando finalmente se precipitó al mar salió de él un vapor caliente, como el que sale del hierro caliente cuando se sumerge en el cubo de enfriar. El fuerte golpe le rompió la pierna, pero cuando se hundió en las profundidades una pierna rota no suponía un gran impedimento y montó un delfín como si fuese a caballo.

A la niña le gustó esta historia.

Había otra sobre el pobre vagabundo a quien habían marcado el año pasado aquí, en la plaza: un día que estaba en la playa, encendió una hoguera y la dejó ardiendo mientras iba a limpiar carne para asarla. Aquel día Vulcano salió del mar para echar un vistazo; tiraron de él a la superficie cien caballos marinos, que son mucho más pequeños que nuestros caballos —razón por la que necesitaba cien— y tienen crines blancas que pueden verse en las olas. No necesitan herraduras, pues usan la cola en lugar de las patas y no se puede herrar una cola. Vulcano cojeaba por la orilla cuando descubrió la hoguera. Era la primera vez que veía fuego y se prendó del rojo de las ascuas.

Encontró una gran concha abandonada, metió en ella un ascua de carbón y otra de madera y se las llevó al mar, a una cueva que conocía donde podía mantener un fuego encendido, sé que suena extraño pero eso hizo. Y bajo el mar, en esa cueva, aprendió a leer el fuego como haces tú, como hago yo, como hace el señor Shaklock y como hacía mi padre.

Primero creó clavos, puntas y cuchillos. Después forjó una espada. Después un arado, con el que surcó la arena del lecho marino para sembrar maíz y avena marinas. Hizo una carreta de oro y reunió a sus cien caballos, que lo llevaron arriba y abajo por el largo camino del fondo del mar. Hizo collares y anillos y pulseras y diademas y pequeños colgantes con sus delicadas cadenitas, y se los dio a las sirenas, que los aceptaron encantadas.

Ann Shaklock le contó que Vulcano es el culpable de la vanidad de las sirenas, y que una sirena vanidosa, enamorada de un hombre que había conocido en la orilla, dejó el mar por él y se encontró con Juno, la madre de Vulcano, en el mundo superior de los dioses y las personas. Cuando Juno vio los bonitos ornamentos que lucía, quiso algo igual. Y así envió un embajador bajo el mar en busca de aquel maestro del metal.

Vulcano se echó a reír cuando supo quién deseaba sus joyas. Se puso a trabajar en un trono elaborado con los metales más preciosos del mundo y le presentó su bellísima creación al señor embajador, que lo subió del mar a tierra y luego hizo que quinientos jóvenes sirvientes y sirvientas lo llevasen a la cima de la montaña. La diosa pensó que era el objeto más fabuloso que había visto. Cruzó corriendo la sala para sentarse… y entonces los reposabrazos del trono cobraron vida, las patas cobraron vida y los reposabrazos la atraparon, inmovilizándola, mientras las patas bailaban, lanzándola de aquí para allá por todo el palacio como si la hubieran atado a un caballo enloquecido.

El esposo de Juno, alguacil de los dioses, estaba tan enojado que arrojó montaña abajo a todos los sirvientes y sirvientas que habían cargado el trono, que se habrían ahogado en el mar si nuestro propio alguacil no los hubiera recogido y enviado en barco a las Américas para trabajar en los campos de tabaco, aunque, para serte sincera, chiquilla, ahogarse habría sido mejor suerte. Luego el esposo de Juno envió un mensaje a Vulcano bajo el mar. Si Vulcano liberaba a Juno del trono, le concedería otra diosa, la diosa del amor, como esposa. Y en un instante él…

Jack Shaklock llamó desde la cama.

Ann. Por el amor de Dios. Ya pasó el toque de queda y se han cubierto los fuegos. Deja dormir a la niña. Deja dormir a los perros. Deja dormir a Vulcano. Yo necesito dormir. Ven a la cama.

La niña se acostó en la oscuridad y dio las gracias a san Eloy, y a Vulcano, y al dios de la iglesia, y a todos los dioses y estrellas.

No había tenido familia ni hogar. Pero ahora había forjado un nuevo trasunto de ambos.

Cuando el martillo golpea una zona iluminada del metal, es luz lo que sale de él, en forma de escamas. Cada escama, al moverse, es tiempo que se mueve por la potencia de su propia disipación.

Eso es lo que quiero, pensó la niña. Tiempo en forma de aire, solo vivo hasta que se desvanece. Como una estrella que cruza como una flecha el cielo en verano.

La piedra preciosa es barro, en comparación.

Una estrella puede ser una flecha.

Una cosa puede convertirse en otra.

Dicen que el alma es algo fijo que no puede cambiarse.

Pero todas las cosas pueden cambiar o ser cambiadas por las manos y los elementos. Las herraduras viejas se fundirán para crear herraduras nuevas. De las armas se crearán aperos de labranza. De los aperos, otra vez armas.

Era la diferencia entre la mena y el hierro, la vida antigua y la nueva, el arrabio y el forjado. Ella no era una muchacha sometida como las pobres niñas huérfanas encarceladas y adquiridas por dinero o tabaco, y luego enviadas en barcos al infinito.

Tenía una cama cálida hasta en invierno y perros que la calentaban. Tenía comida, un techo, un oficio.

Tenía una amiga que le sonreía en la iglesia, Christine Gross de la granja. Un domingo habían ido a pasear. Christine Gross era mayor que ella, muy agraciada, tenía una forma de deslizarle el brazo por el suyo mientras andaban por el mercado vacío que la hacía sentirse conocida, es más, sentirse vista y querida.

Tenía una maestra y ama.

No solo era buena con los caballos.

Cuando Ann Shaklock vio por primera vez lo que era capaz de hacer con la filigrana, corrió por el patio y despertó a Jack Shaklock de su siesta para que fuese a la fragua a verlo.

A partir de entonces le asignó todos los adornos, los encargos importantes, los clavos y los herrajes ornamentados, las puertas de iglesia.

Luego el hijito murió de tos.

Luego murió Jack Shaklock.

Luego murió Ann Shaklock.

Luego pasó una semana en la que los hombres que querían apropiarse de la forja aguardaron su momento antes de ir a procurársela.

Luego llegó el toque de queda y se cubrieron los fuegos.

Cuando la muchacha llama a una puerta y la puerta se abre, la gente ve a una vagabunda y una ladrona. En cuanto la ven, saben que no la conocen.

Suelen mirarla como si fuera una embustera y una egiptana, y de vez en cuando le dan leche o gachas o un huevo en la puerta, sobre todo por miedo. Hay muchas puertas cerradas, mucha gente que intenta robarle las herramientas, pero solo una vez un hombre intenta robarle el pájaro y, después de esa persecución y huida, el pájaro no volverá a posarse en su hombro cuando ella se acerque al mundo de los humanos. Empezarán a viajar por separado, juntos pero a distancia, y el pájaro solo la alcanzará cuando ella se instale en el seto u hondonada donde pasarán la noche.

Si alguien se les acerca cuando encuentran un lugar de descanso, el pájaro la despierta para advertirla con su *fui, fui, fui* que le sale del pecho y penetra en el de ella.

Pero el mundo de las personas es una suerte de mugre comparado con esta segunda vida que no ha tenido que morir para alcanzar.

Siempre que tenga algo que comer y no sea otoño ni haga frío, ella aún no es una persona que necesite la cercanía de la gente.

*

Un día pasa por un pueblo donde hay una feria. Habrá mucha comida por el suelo. Los borrachos no tienen ni idea de lo que comen o dejan de comer.

La gente se ha reunido alrededor de una tarima para ver al juglar que hace juegos de manos. Es una mujer vestida de marinero que lanza cuchillos al aire y luego los coge y los vuelve a lanzar, manteniéndolos en equilibrio, sin cortarse. Ocho cuchillos. Cuando atrapa el octavo, hace una reverencia y se incorpora de nuevo con los ocho cuchillos formando un abanico en la mano, la juglar-marinera, que la habrá visto acercándose por el campo y al pájaro volando a su alrededor, la señala y dice:

Ahora esta niña-pájaro cantará su canción. ¿A que sí, querida?

Pues sí que sé una canción, dice la muchacha.

Sube a la tarima.

Canta la que Jack Shaklock le enseñó, sobre el engaño del herrero y de los hombres. Cuando llega al último verso sobre vivir eternamente, se oye el clamor de la multitud que rodea la tarima. Empiezan a arrojarle monedas. Ella recoge una de los maderos del suelo y la observa. Se había olvidado de las monedas. No había visto ni sostenido una moneda en la mano desde que la tiraron a la zanja.

¡Vuelve a cantar!, le grita el público.

La juglar sube de nuevo a la tarima y se planta a su lado, la toma de la mano y la hace inclinarse en una reverencia como si trabajasen juntas. Luego le dice al público *traedme lo que gustéis, lo que sea.* Y después de que la niña-pájaro cante una vez más, ella hará juegos de manos con lo que le hayan traído.

Una mujer levanta a un niño de pecho. ¡Hazlos con esto!

Dentro de veinte años, responde la juglar.

Cuando las risas se apagan, la chiquilla vuelve a cantar la canción. Llega más gente. Cantan las partes que conocen. Al final le lanzan más dinero.

¡Canta otra!

No sé otra.

Delante de la tarima se acumulan los objetos que la gente le ha dejado a la juglar: un puchero roto, una cuchara, un trozo de guadaña. Una bola de trapos, una llave oxidada, el mango de una mantequera, una rueda, un cubo. Cuando baja después de cantar, la muchacha coge el trozo de guadaña y lo sopesa en las manos.

Quiero esto, le dice a la juglar. Si nadie más lo reclama ni su dueño lo quiere de vuelta.

Requiere mucha habilidad mantener cuatro de esas cosas en el aire, por no decir todas ellas, con diferentes formas y pesos completamente nuevos para sus manos, y con un ritmo constante pese a la rareza de los objetos. Por no hablar de agacharse a recoger y lanzar una nueva pieza al aire con el resto de los objetos ya en alto, en pleno arco de caída.

Esta juglar sabría mantener una fragua, piensa la muchacha.

He guardado tu guadaña, le dice después la juglar, pasándole un brazo por los hombros. Iremos a comernos parte de nuestro dinero. Vamos, rara noticia, te llevaré.

La llama así por la letra de la canción que la chiquilla acaba de cantar.[3] *Raras noticias llegan. Raras noticias los vientos llevan. Raras noticias vuelan.* La muchacha no duerme

---

[3] Se refiere a *A Blacksmith Courted Me*, canción popular inglesa. *(N. de la T.).*

con el pájaro esa noche. Duerme en una taberna, apoyada en la juglar —cuyos brazos, muñecas y manos, ahora lo ve, están cubiertos de cicatrices y heridas causadas por los afilados cuchillos—, y con otros apoyados en ella.

Es como cuando el pájaro está con los de su propia especie.

A la mañana siguiente, los cómicos ambulantes madrugan y se ponen temprano en marcha para evitar contratiempos.

La juglar le dice:

acompáñanos en las ferias hasta el resto del verano. Los conquistarás siempre, cantando así. Sé más canciones. Puedo enseñarte la letra. Podrías ganar lo suficiente para pasar el invierno.

Aún queda mucho para el invierno. Pero la muchacha sabe que el tiempo pasará tan rápido como las chispas del metal. Cuando sale con los demás de la taberna a la luz del día, ve que algo se mueve en la alta cardencha del otro lado del camino. Es el pájaro.

Tenemos una nueva obra, dice la juglar. Ven y actúa. Podrías interpretar a una joven que enloquece porque han matado a su padre, ofrece diferentes hierbas a la gente y les dice qué significan.

¿Y después qué pasa?, pregunta la muchacha.

Luego se quita la vida ahogándose, dice la juglar.

La muchacha ríe.

Yo no soy así, dice.

Puedes serlo y seguir siendo tú, dice la juglar. Te enseñaremos.

Les promete que se reunirá con ellos. Los saluda con la mano cuando llegan a la curva. Pero en cuanto se da la vuelta, sigue su propio camino.

Arreglará esta guadaña. Luego tendrá mucho más valor y podrá venderla.

Después encontrará al pájaro y esconderá en alguna parte las monedas que gane hoy junto con las de ayer, para el invierno. Luego volverá a los páramos, que es donde el pájaro tiene que estar.

Le pregunta a una mujer que lava ropa golpeándola en una piedra en qué dirección queda la herrería.

Camina hasta la salida del pueblo, aunque no ve ninguna columna de humo.

La fragua ni siquiera está encendida.

¡Son más de las seis!

Se cuela por una ventana de la parte trasera; es una ventana pequeña pero ella lo es aún más , y enciende la fragua con musgo, palos y sus pedernales. Encuentra el lugar donde ese herrero guarda restos de piezas. Rebusca entre ellas. Sus manos se alegran de volver al calor y trabajan sin que tenga que pedírselo siquiera.

¡Furioso! Aparece el herrero corriendo al mediodía, ella lo oye llegar entre la música de su martillo. Entra enojado con la mano levantada, blandiendo un pedazo de hierro para golpear con ella al ladrón y usurpador.

Entonces la ve.

Una chiquilla.

Se detiene.

Le arrebata la pieza en la que ella está trabajando. Examina la zona donde la hoja vieja se encuentra con la nueva. Luego vuelve a mirar a la chica.

¿Eres la sanadora de caballos?, le dice. ¿De los Shaklock?

¿Y qué si lo soy?

Dijeron que estabas muerta.

Pues no, dice ella. Vivo en un feliz vagar, aunque a veces paso hambre y frío.

La muchacha ve, por su cara, que no es un hombre a quien le gusten esas palabras. No todos los herreros son un Shaklock.

Quizá haya perdido caballos a favor de los Shaklock por culpa suya.

En algunos sitios, ser demasiado conocida es mucho peor que no te conozcan de nada. Ahora en su pueblo sabrán que sigue viva y esos hombres que creían haberla matado volverán a intentarlo de nuevo.

El herrero le dice que se quite su delantal. La conduce por los hombros a una puerta de una casa alta del centro del pueblo. Esperan mientras alguien abre una tras otra todas las cerraduras, desde lo alto de la puerta hasta el pie.

Estabas con los cómicos ambulantes, le dice el alguacil. Cantaste la canción del herrero.

Se le ve ojeroso, como si estuviese borracho y acabara de despertarse.

Entonces lo reconoce de la feria.

Es el hombre que le dio una pequeña moneda y a cambio esperaba fornicar con ella.

La muchacha había mirado la moneda en su mano y luego había extendido la otra como si quisiera coger la del hombre. El hombre había extendido la mano y ella se la había vuelto hacia arriba, se la había abierto y le había devuelto la moneda. Había cerrado los dedos del alguacil y le había dicho que ella no estaba en venta.

Vete al infierno entonces, había dicho el hombre (que ahora sabe que es el alguacil). Prefiero fornicar con cualquiera que encuentre en el infierno antes que con vos,

187

había dicho ella, y la juglar y sus compañeros habían cerrado filas alrededor de la chiquilla y se habían reído de él.

Resulta que el alguacil le dice ahora al herrero, por encima de la cabeza de la muchacha, que se busca a los juglares que la acompañan por varios delitos de sedición.

Resulta que han incitado a la rebeldía y la violencia al decir al pueblo que la Ley de Pobres es una ley concebida para mantener a la gente en la pobreza. Casi hubo una revuelta en la plaza del mercado porque los braceros se habían quejado de lo que les pagaban, o al menos eso hicieron los que no estaban demasiado ebrios u ocupados fornicando; a los que habían bebido o fornicado lo suficiente, no les importaba demasiado.

Fornicado lo suficiente.

Al oír esas palabras, ella sabe que está en dificultades.

Esta es de su tribu, dice el alguacil.

No, ella no es itinerante, dice el herrero. Se ha formado en el gremio. Conoce el oficio.

No soy de ninguna tribu, dice ella. Los conocí ayer, de casualidad, y fueron amables conmigo. Y puedo deciros a los dos lo que el narrador de historias dijo anoche, al pie de la letra.

Al pie de la letra no es una expresión que esperen de ella. Se la quedan mirando, estupefactos.

Y con qué maña y elocuencia, dice ella, y cuán enojado estará cualquiera hoy aquí cuyo poder se haya visto cuestionado por las verdades que él dijo.

El hombre al que llama elocuente, el amigo de la juglar, el narrador de historias, todavía seguía vestido con las ropas de mujer con las que había interpretado, ante la multitud de la feria, la historia de la madre que cruza un río para intentar despertar el espíritu de un niño muerto que le han dicho que está enterrado allí.

En esta historia, una mujer busca a su difunto hijo. Está tan desesperada por encontrarlo que cruza el país de parte a parte, despertando los espíritus de todos los niños muertos y desaparecidos para ver si alguno es él. Todavía no lo ha encontrado. Está enloquecida de tanto buscar en vano. Sin embargo, los espíritus de los niños, al despertar, ascienden al cielo cantándole las gracias como pájaros.

El hombre del escenario se había convertido en una mujer que golpeaba con un palo una placa de bronce batido. El espíritu del niño despertaría con el sonido de los golpes. La mujer cruza un río en una barca con el barquero y un hombre santo, que temen que esté loca, hasta un lugar donde hay un niño sepultado. Esta vez es su hijo.

La mujer casi se muere al verlo elevarse entre los muertos.

Pero el niño sigue ascendiendo, sube y sube en el aire y flota como un sol, por encima de todos.

El público de la feria había enloquecido con esta historia. Habían perdido a muchos en el año de la peste. Al final lloraron y patearon el suelo. Después siguieron a los juglares a la taberna, enganchados a la historia como si algo hubiese fundido todos sus cuerpos en uno solo.

En la taberna, el narrador se puso de pie sobre una mesa, todavía vestido con ropa de mujer, y habló a los presentes con palabras que brotaban de él con la misma naturalidad que el agua de una fuente. Os pagan poco a propósito, para que no podáis prosperar con vuestro trabajo. Algunas personas prosperan manteniendo a otras hambrientas. Así las enriquecéis. Pero ¿y si dejarais de trabajar para que vuestros patrones aprendieran la valía de vuestro trabajo? ¿Y por qué es un crimen que vosotros o yo queramos ir de un sitio a otro? ¿Y por qué es un crimen no tener nada? Eso no son crímenes, dijo, ni esta una historia en la que podamos vivir libremente.

Ahora, un día después en la sala del alguacil, el herrero se mira los pies y el alguacil mira a la muchacha y enumera las letras con las que la pueden marcar.

Sedición. Embustes. Vagancia. Rebeldía.

Pero oídme, dice el herrero.

Va a la mesa donde el criado del alguacil ha dejado todas las pertenencias de la muchacha, sus herramientas, su dinero. Coge la hoja de la guadaña y se la muestra, le señala los lugares que ella ha reparado. El alguacil se acerca a la mesa y toquetea las cosas. Coge el martillo y lo sopesa. Coge también las tenazas y los pedernales y se los presenta al herrero como si quisiera que este los sujetara, que es lo que hace. El herrero mira, como si no supiera qué hacer con ellas, las herramientas de la muchacha que tiene en las manos.

El alguacil coge la guadaña y la deja detrás del montón de leña junto al fuego. Se la queda.

Ella ve que su dinero también ha desaparecido de la mesa.

No le importa. Conoce otros mundos.

Te ha robado las herramientas, dice el alguacil. También es una ladrona.

No, dice el herrero. Las herramientas son de ella. Son suyas.

Ahora son tuyas, le dice el alguacil.

El herrero deja las herramientas en el suelo. Se aparta de ellas.

Quédatelas, dice el alguacil.

Deberías, le dice la muchacha al herrero. Alguien debería aprovecharlas.

El herrero le dirige una mirada avergonzada. Ella responde con un leve movimiento de cabeza.

Cosas peores pasan.

*

El alguacil la retiene tres días en un sótano. Pero no se atreve a tocarla.

Bien.

Después de tres días en la oscuridad, hace que su sirviente la arroje a la parte trasera de un carro abierto y que después de muchas leguas la entregue a su antigua población para que se encarguen de ella. Es la ley. Cuando la ven sentada y atada en la parte trasera del carro, muchos lugareños se asombran de que siga con vida. Todos la daban por muerta.

Se va extendiendo el rumor de que es una especie de niña santa vengadora.

Algo así puede ser bueno o malo para ella.

Además, habla demasiado para ser mujer. Se ha criado como si fuera un hombre, lo que es desastroso. Es una portadora de discordia. Se rumorea que va por el mundo con un pájaro posado en el hombro, lo que da pie a un montón de habladurías perversas.

Pero mientras la mantienen encerrada en la trastienda de la panadería, donde retienen a los que aguardan que se dicte y anuncie su sentencia, la hija del panadero le trae mucha comida. Otras personas le traen regalos que deslizan de forma anónima por el hueco de la puerta. Para ella sería facilísimo forzar la cerradura. Pero ¿para qué? Le pasan flores, una a una, por el resquicio. También introducen, bien aplastadas, ropa y mantas de lana.

Cegarla es otra cosa que las autoridades pueden hacerle, manteniendo un hierro candente delante de sus ojos.

A esa mujer de ahí, piensa mientras la llevan entre el gentío a leerle su sentencia, le quité el dolor de espalda a su esposo con mis manos cuando lo trajo a la fragua. También los ayudé con su hijo, que tenía las piernas enfermas; le llevé el agua de enfriar durante medio año y mira, ahora es casi tan grande como yo y se le ve bien fuerte.

Ella conoce los cascos de cada caballo, todavía conoce a los caballos de vista, y tal vez los hombres que están ahora en la herrería Shaklock no sean tan buenos con los caballos de estas personas.

Ella era un valor del pueblo que han perdido.

Eso también puede ser un arma de doble filo.

Entonces leen la sentencia:

y no la enviarán a juicio por brujería, gracias a Dios. Así que no la ahorcarán ni la atarán a una estaca para prenderle fuego.

Tampoco la enviarán a los campos de tabaco. Gracias, san Eloy.

Lo único que ocurre es que la meten en el cepo durante un día y una noche.

En el cepo nadie la maltrata, ni siquiera los borrachos, porque la gente no quiere enfadar a una niña santa vengadora resucitada.

Luego la ponen en pic y poco antes del mediodía del día siguiente, que es el día de mercado, la llevan ante la multitud y la atan con unas finas tiras de hierro que hizo Ann Shaklock, y el hijo del alguacil le marca una V en la clavícula con un hierro candente que la muchacha sabe, en cuanto lo ve, que es el que hizo ella misma.

El hijo del alguacil lo hace con expresión adusta.

Muchas mujeres de la multitud se vuelven para no verlo, lo que es señal de desaprobación pública.

No hay vítores ni risas, como suele haber en tales espectáculos.

Esta desaprobación patente le indica que tiene que marcharse de allí cuanto antes o es muy probable que acaben culpándola de algo que no ha hecho para así poder repetirlo todo de nuevo con el debido júbilo, como venganza por no haber sido capaces de disfrutar lo suficiente la primera vez o porque se han sentido mal por lo ocurrido.

Cuando le sueltan las manos, se va directamente al pozo para mojarse la quemadura. Pero le duele demasiado para sacar agua.

Tres jóvenes se abren paso entre la multitud para ayudarla. La muchacha se tumba de espaldas en el suelo y les dice lo que tienen que hacer.

Una sube el cubo y vierte el agua en los recipientes. Mientras las demás le echan agua en la quemadura, la primera saca más agua del pozo para volver a llenar los recipientes vacíos.

Una de las jóvenes es Christine Gross.

Esta es mi prima, le dice Christine Gross, señalando a la muchacha que asoma medio cuerpo a la boca del pozo para bajar el cubo. Y esta es mi hermana.

Christine Gross y su hermana se sientan a su lado en el suelo mojado por el agua derramada y siguen vertiendo agua sobre la quemadura hasta que la gente se va a casa y los hombres del alguacil les dicen que se marchen. Van a la granja de los Gross. Pero el padre de Christine Gross dice que la chiquilla es una bruja y no puede entrar en casa.

Christine Gross la lleva al establo, donde los caballos la conocen y la saludan con la cabeza, cómo no, pues ella ha ayudado a herrarlos durante todos los años de casi media vida. Christine Gross corta cebollas y coloca los trozos sobre la quemadura. Ella, su hermana y su prima se sientan con la muchacha bajo las patas de Thunderclap, el caballo gris, y hasta que se ven obligadas a volver a la casa le enseñan la canción sobre el incendio que redujo ese pueblo a cenizas hace casi veinte años, mucho antes de que ninguna de ellas hubiera nacido.

La muchacha se va en cuanto amanece. Esperándola en la cerca de la granja encuentra un hatillo con dos pasteles y siete manzanas.

En cuanto se aleja por el camino aparece el pájaro con las alas desplegadas, silencioso, acercándose a ella bajo el cielo, sobrevolando la cosecha.

Pero la penuria acecha. Llega el otoño y trae al invierno en sus brazos.

Un anochecer aguarda a que el nuevo herrero de la herrería Shaklock apague el fuego de su fragua y cruce el patio para entrar en la casa donde Ann Shaklock le contaba historias de san Eloy y Vulcano, la casa donde Jack Shaklock le enseñó la canción.

Cuando el nuevo herrero la ve allí, entre las sombras, se le escurre el color de la cara y sale huyendo como un conejo calle abajo.

Bien.

Al día siguiente camina hasta el pueblo donde cantó en la feria. La herrería es una de las primeras casas que encuentra. Espera a un lado del camino a que este herrero cubra su fuego.

Cuando sale de la herrería y la descubre esperando, le indica con señas que la ha visto. Vuelve a abrir la puerta de la herrería, entra y cierra tras él. Al salir, lleva varios objetos en los brazos.

Cruza el camino y se le acerca. Le devuelve su martillo, sus tenazas y sus pedernales.

¿Quieres un trabajo?, le dice.

No, dice ella. Gracias.

Te emplearía, dice él.

Muy amable. No, gracias.

Vuelve a trabajar siempre que lo necesites. Mientras yo esté aquí, eres bienvenida.

No volveré, dice ella. Gracias.

Retrocede por el camino y se interna en los árboles.

Ahora es libre como un pájaro.

Puede ir adonde le plazca, siempre que consiga sobrevivir.

También sabe una nueva canción sobre un pueblo en llamas. Es solo una canción, pero trata de lo que puede hacer el fuego y de qué tiene valor cuando el fuego se apodera de algo y lo reduce a cenizas, y ella puede cantarlo como lo que ella es, fuego, y enviar, mediante la canción, calor de una claridad deslumbrante y luego oscuridad.

¿Qué pasa después?

¿Va en busca de los juglares?

¿Sigue la ruta de las ferias locales que aún quedan ese año para encontrarlos representando sus historias en las plazas del mercado o en los descampados a cambio de dinero, comida y un lugar cálido donde dormir?

¿Le dan un papel en esa historia que le contaron?

La pobre joven enloquecida por la venganza y la muerte.

El joven ofuscado por lo que no puede cambiar y por la duda entre vivir o morir.

Cuando se enfrenta a los villanos con su espada en el escenario, ¿el público de la feria enloquece de entusiasmo al ver lo buena espadachina que es?

Probablemente, ya que siempre ha manejado las herramientas del oficio como manos añadidas a sus diestras manos, y ahora conoce las habilidades y los usos que un pico largo y muy fuerte tiene para un pájaro de huesos finos.

¿Continúa el pájaro siguiéndola a una distancia segura en los meses de verano, cuando ella se mueve en el mundo de las personas? ¿O al final se marcha alegremente al mundo de los otros pájaros?

¿Abandona ella el mundo habitado en los meses más fríos para ir allá donde se congregan los pájaros como el suyo, para ver si uno de ellos levanta la cabeza, se separa de la bandada y se le acerca sin miedo?

No voy a contaros lo que le pasó al final a la chica, salvo que siguió el camino de todas las chicas.

Lo mismo con el pájaro, salvo que al final siguió el camino de todos los pájaros.

Suponiendo que todo esto haya ocurrido, suponiendo que alguno de los dos haya existido.

En cualquier caso, aquí están.

Y ahora volvamos un momentito a la década de 1930 en Irlanda:

la niña que será mi madre ha llegado a casa del médico. Llama a la enorme puerta cerrada.

Alguien abre una puerta tras otra al otro lado de la puerta cerrada y luego abre la puerta de la calle.

Es un ama de llaves.

Desde el peldaño superior baja la vista a mi madre, que se balancea de un pie a otro.

¿Qué quieres?

Necesitamos al médico para mi hermana, por favor.

¿Tienes dinero?

No tengo dinero.

El ama de llaves le dice que el médico está cenando y no se le puede molestar. Dice que le pasará el recado.

Para cuando mi madre vuelve a casa, su hermana ha muerto.

El médico aparece al día siguiente, a última hora de la tarde. Les dice a los padres de mi madre que si le cuentan a alguien que no acudió de inmediato para atender a su hija, los denunciará por rebeldes a las autoridades.

Dos días después, la factura por la visita del médico llega a su casa.

Es mi padre quien me cuenta esta última parte de la historia.

Yo no la conocía.

La narra a trompicones, en fragmentos, como si hubiese estado esperando para contarla.

Sostengo mi móvil en alto, es una visita virtual al hospital que le hago desde su cocina. Una doctora con mascarilla y pantalla protectora facial me habla primero. Dice que mi padre no está fuera de peligro, pero que las cosas pintan mucho mejor. Le doy las gracias. Luego Viola, también con mascarilla y pantalla protectora facial, levanta el iPad del hospital delante de mi padre. Le doy las gracias. Les doy las gracias por todo, porque todo esto es milagroso.

Ahora mi padre le cuenta al iPad, a mí, con la mascarilla de por medio, una historia que me es muy cercana y que yo ni sabía que existía.

Pero ¿eran rebeldes?, le pregunto después.

¿Eran…?, dice.

Cierra los ojos, aprieta los párpados. Aún no se le dan bien las preguntas.

Reacciono a mi propia estupidez. Desplazo el móvil y le muestro a la perra en su cesta.

Está desesperada por salir a pasear, le digo. Me la llevaré en cuanto pueda.

Sigues en mi casa, dice. Bien. Como si estuvieras en la tuya.

Así es como empezamos nuestra conversación hace unos minutos, yo le enseñé a la perra en su cojín, la perra lo oyó, se levantó y luego se quedó mirando el móvil con ojos inexpresivos, y él me dijo: sigues en mi casa, eso es bonito, y yo le hablé de las visitas inesperadas que había en la mía. Me dijo:

yo en el hospital. Y tú hospitalaria. Quédate en la mía. Como si estuvieras en la tuya. Hay conservas en el garaje. Atún, alubias, maíz. Usa lo que quieras. Beicon. Sopa y carne picada. En el congelador. Friega los platos. Bien fregados. Comprueba que estén limpios. Pasa un trapo. Aparador. Hazlo sobre la marcha.

Le prometí que limpiaría todas las superficies y que iría a verlo en cuanto estuviese segura de que era negativa, y me dijo:

negativa. Aislada. Sí. Culpa mía. Yo soy el culpable. No tu madre. Yo era el hombre equivocado. El momento equivocado. Imposible. Culpa mía.

No digas tonterías, dije.

No tuvimos alternativa. Sobre todo tu madre. No tuvo alternativa.

Fue entonces cuando me contó con frases entrecortadas la historia de mi madre y el médico.

Ahora intenta enfocar la vista en mi imagen de la pantalla, lo que significa que mira la esquina inferior de la pantalla en lugar de a mí. Mueve la cabeza y dice:

yo cabeza a pájaros.

Ahora ya estás de vuelta, le digo.

Soñé que estabas aquí, me dice. Me hablabas.

Eso pasó de verdad. Estuve aquí. No fue un sueño.

Luego iba montado en un pájaro, dice él. O era una palabra. Me agarraba como si me fuese la vida en ello. De su cuello. ¡Como si me fuese la vida! Volamos por encima de los árboles. Ah, maravilloso. Podía ver los tejados de, de. Ya sabes. Casas que yo había construido. Las vi desde arriba.

Viola aparece también en la pantalla de mi móvil.

Quedan dos minutos, señor Gray. Dos minutos, Sand.

Cuéntame, dice mi padre.

¿Qué quieres que te cuente?, le digo.

Vuelve a tener una expresión perpleja. Me duele el pecho al verlo, por lo que le hablo del buen tiempo y de que todos actúan como si el confinamiento nunca hubiese existido. Le cuento que un día especialmente soleado pasé en coche delante del parque y estaba lleno de gente como si nunca hubiese existido el virus, y que al pasar por el supermercado vi a una joven que salía corriendo tan rápido, y con una camiseta tan breve y ligera, que se le escapó un pecho que fue rebotando mientras ella corría como una amazona, satisfecha, con una botella de vino en cada mano, y detrás, demasiado atrás para atraparla, un guardia de seguridad también corría como un loco.

Mi padre suelta una carcajada tan potente e inesperada que Viola se acerca corriendo para ver si está bien.

Iré a verte en cuanto me lo permitan, le digo.

Asiente con un gesto de su cara cubierta con la mascarilla y luego Viola se despide. La pantalla congela el movimiento de su mano y los ojos de mi padre que miran abajo como si no me mirasen a mí, aunque me está mirando tanto como puede.

La historia sigue así:

desde que nos instalamos en casa de mi padre, todas las mañanas, exactamente a las 8.35, su perra se sienta junto a la puerta y gime con una pata levantada sobre el mismo sitio arañado de siempre, y araña más barniz que cae sobre el felpudo.

Esta mañana, cuando veo que va a sentarse allí, cojo la correa y abro la puerta.

La perra sale disparada y me espera en la cerca del jardín. Luego sale corriendo hacia mi coche, sabe cuál es. Se sienta esperando al lado, en la acera.

Siempre que doblo la esquina equivocada, voy a la izquierda cuando ella quiere ir a la derecha o a la derecha cuando ella quiere ir a la izquierda, ladra hasta que doy la vuelta y cojo el camino que desea. Empiezo a decidir qué dirección tomar observando el movimiento de su cabeza y el ángulo de su oreja. Cuando llegamos a la calle junto al río, resopla y se levanta del asiento del copiloto moviendo el rabo, sé que ha llegado el momento de parar.

Le pongo la correa y la dejo salir.

Tira de mí hasta el parque.

Camina por el borde del paso canadiense que separa la calle del parque, colocando con cuidado las patas para que no se deslicen por la rejilla. Luego se sienta en el sendero y me mira, y yo comprendo que tengo que soltarla.

Perra feliz corriendo por la hierba.

Yo camino por el sendero bajo los árboles con todas sus hojas abiertas. Percibo el color de las cosas como algo que echaba en falta. El río, color barro en primer plano, color cielo a lo lejos, se ensancha y serpentea con seguridad, como algo que sigue su propio camino, un camino abierto iluminado por la luz que atrapa y proyecta de sí mismo.

¿Cómo es posible que haya vivido aquí todas estas décadas sin haber estado nunca en este sitio, sin haberlo visto antes? Gracias a un empleo temporal de hace unos años en que sustituí a una baja del ayuntamiento —y vi, en tan solo las dos semanas que pasé en el puesto, las numerosas solicitudes de empresas que querían cubrir este parque de edificios—, sé que en estos terrenos están las fosas comunes donde sepultaron a las víctimas de la peste de hace setecientos años, seiscientos años, quinientos años.

Aquí estamos hoy, en la superficie de las cosas.

A lo lejos doblan las campanas de una iglesia.

Me detengo a leer el aviso de Desbordamiento Combinado de Aguas Residuales.

Cisnes, muchos cisnes por todas partes; dos se deslizan por el agua seguidos de seis pequeños polluelos. Río abajo hay una pareja de cisnes que tiene, ¿qué es eso, eso oscuro que resalta entre las plumas blancas de la cola? ¿Es un pie? Tienen una pata levantada fuera del agua, ¿se calientan los pies al sol? Un hombre con sombrero de ala ancha toca acordes en una guitarra sentado en un banco. Al otro lado del camino, un cisne mira y escucha al hombre que toca.

De la chimenea de una barcaza sale humo de leña. El placer que me produce su aroma me coge desprevenida. Más allá, en un hueco entre las barcas, un hombre pesca en la orilla. Algo más apartada, una garza real, como si acompañara al hombre pero se mantuviera a una educada distancia, observa el punto donde el sedal del pescador se encuentra con la superficie del agua. Hay urracas que chillan. Hay cuervos, gallinetas, gaviotas que chillan. Hay gente que pasea a sus perros, gente que toma el camino asfaltado o que sigue su instinto por senderos entre la hierba. Hay un columpio de cuerda colgando de un árbol y una zona pelada en el suelo que han ido creando todas las personas que se han columpiado en él. Hay vacas paciendo en el prado. Todas tienen el cuerpo orientado en la misma dirección. Magnetismo animal. Deambulan por el asfalto delante de los ciclistas, delante de los corredores; sus ojos son grandes, amables y confiados, su actitud entre traviesa y terca, y su mole, de cerca, es magnífica.

La perra de mi padre cruza la hierba ladrando, salta al paso de una ciclista y luego se me acerca soltando una sarta de ladridos agudos, casi descarados; la ciclista también se acerca, pedaleando a su lado.

Es joven y radiante, es la persona que se saluda con mi padre cuando pasea a la perra.

Se detiene a la distancia adecuada. No se apea de la bici. Se queda sentada en el sillín, con un pie apoyado en la hierba.

¿Estás paseando a Shep?, me dice.

Sí, respondo.

¿Dónde está el dueño de Shep, o sea, la persona que la pasea siempre? ¿Se encuentra bien?

Es mi padre. Está en el hospital, pero no por el virus.

Menos mal. Pero, ay. ¿Está bien?

Todavía no está fuera de peligro, le digo. Sigue bajo observación.

Luego añado:

problemas del corazón, pero se encuentra mucho mejor.

Estaba preocupada, dice ella. Llevo días buscando a Shep, que suele perseguir mi bici cuando paso por aquí; lo hace por diversión, siempre nos reímos, me encanta oír reír a un perro, y estaba preocupada porque hacía semanas que no me cruzaba con ninguno de los dos, y eso que siempre los veía, hasta en los días de mal tiempo, y nos saludábamos.

Sí, le digo.

¿Le darás recuerdos de mi parte?

Pues claro, le digo. Gracias.

Vuelve la rueda y apunta la bicicleta hacia el camino en la dirección contraria a la ciudad. Cuando se marcha, grita por encima del hombro.

Dile hola de mi parte.

Se lo diré, le digo.

Y se aleja, veloz como un azor.

Pero entonces frena, se detiene, apoya de nuevo un pie en el sendero y vuelve la cabeza para decirme algo más por encima de las cabezas de las otras personas que pasean por el parque esta mañana.

Y también a ti, dice. Encantada de conocerte. Hola.

Yo también le grito.

Hola.

AGRADECIMIENTOS

El mayor agradecimiento es para el Servicio Nacional
de Salud y para todos los que trabajan en él.
Somos afortunados de contar con ellos, ahora todos
lo sabemos, y cualquiera que los acose o moleste
nos hace un daño inmenso a todos.

Me han ayudado a escribir este libro
varios recursos textuales y en línea,
especialmente los textos de David L MacDougall
y Marcia Evans.

Gracias, Simon.
Gracias, Anna.
Gracias, Lesley B.
Gracias, Lesley L, Sarah C, Ellie,
Hannah y Hermione
y a todos en Hamish Hamilton y Penguin.

Gracias, Andrew,
y gracias, Tracy,
y a todos en Wylie's.

Gracias, Xandra, siempre la mejor.
Gracias, Mary.

Gracias, Sarah.

ÍNDICE

Esta edición de *Fragua*, compuesta en tipos AGaramond
12/15 sobre papel offset Natural de Vilaseca de 90 g, se
acabó de imprimir en Salamanca el día 30 de junio de
2023, aniversario del nacimiento de
Czesław Miłosz